一擲賭乾坤

일척도 건곤 乾坤

임영기 新무협 판타지 소설

FANTASTIC ORIENTAL HEROES

일척도건곤 7
임영기 新무협 판타지 소설

초판 1쇄 찍은 날 § 2008년 6월 5일
초판 1쇄 펴낸 날 § 2008년 6월 11일

지은이 § 임영기
펴낸이 § 서경석

편집장 § 문혜영
편집책임 § 정서진

펴낸곳 § 도서출판 청어람
등록번호 § 제1081-1-89호
등록일자 § 1999. 5. 31
어람번호 § 제2-1504호

주소 § 경기도 부천시 원미구 심곡1동 350-1 남성B/D 3F (우) 420-011
전화 § 032-656-4452 팩스 § 032-656-4453
http://www.chungeoram.com
E-mail § eoram99@chollian.net

ⓒ 임영기, 2007

ISBN 978-89-251-1344-9 04810
ISBN 978-89-251-1065-3 (세트)

※ 파본은 구입하신 서점에서 교환하여 드립니다.
※ 저자와 협의하여 인지를 붙이지 않습니다.
※ 이 책은 도서출판 청어람과 저작자의 계약에 의해 출판된 것이므로,
　무단 전재 및 유포·공유를 금합니다.

一擲賭者
일척도건곤
乾坤

임영기 新무협 판타지 소설
FANTASTIC ORIENTAL HEROES

[완결]
7
쌍호(雙狐)

目次

第六十九章	사선(死線)을 넘어	7
第七十章	조연지의 행방	27
第七十一章	귀향(歸鄕)	55
第七十二章	중천보 개파(開派)	73
第七十三章	화룡신장(火龍神掌)	97
第七十四章	오룡신장(五龍神掌)	125
第七十五章	개파(開派)	145
第七十六章	말똥구리	169
第七十七章	사랑 그리고 사랑	189
第七十八章	지난밤에 생긴 일	207
第七十九章	사랑을 찾아서	231
第八十章	봉황추락(鳳凰墜落)	255
第八十一章	폭풍 전야	281
第八十二章	한 쌍의 여우[雙狐]	301

第六十九章
사선(死線)을 넘어

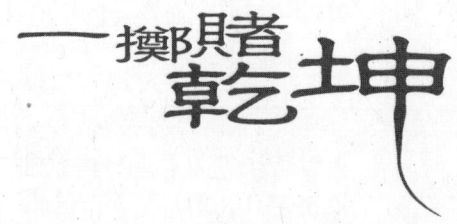

어느덧 태양은 뉘엿뉘엿 서산으로 넘어가고 있었다.

도도히 흐르는 누런 황하 강변 옆 드넓은 초원에 서 있는 사람은 단 두 명뿐이었다.

호리와 가려였다.

두 사람에게서 멀지 않은 곳에 부군주가 주저앉아 있고, 그 주위에 혁련천풍과 두 명의 단봉천기수가 쓰러져 있었다.

혁련천풍과 두 명의 단봉천기수는 죽은 것이 아니라 중상을 입고 공력이 고갈되어 쓰러져 있는 것이었다.

그리고 이들 여섯 사람을 중심으로 드넓은 초원에는 마황부 고수들의 시체가 끝없이 널려 있었다.

"헉헉헉……."

"하아아… 하아……."

나란히 서 있는 호리와 가려는 어깨를 늘어뜨린 채 거칠게 숨을 몰아쉬었다.

이들 여섯 명은, 아니, 죽은 단봉천기수 일곱 명까지 열세 명은 어제 석양 무렵부터 오늘 석양 무렵까지 꼬박 만 하루 동안 마성군 이십육로와 이십팔로 삼백 명, 사십 명의 마신전사, 육백 명의 마풍사로군, 이천 명의 철로고수들을 깡그리 도륙해 버렸다.

호리 일행이 단봉천기수들을 구하러 왔을 때 이미 그녀들 열 명은 천여 명에 달하는 마황부 고수들을 죽인 상황이었으며, 그녀들은 네 명이 죽었고 살아남은 여섯 명도 극심한 중상을 입은 상태였다.

거기에 호리 일행이 단봉천기수들을 구하는 과정에서 다시 사백여 명을 죽여서 도합 천사백여 명의 마황부 고수들을 죽인 것이다.

마황부 고수들은 그녀들이 단봉천기수일 줄은 꿈에도 모르고 제압하려 들었다가 뼈아픈 대가를 치렀다.

그러나 이왕 내친걸음이어서 포기할 수가 없었다. 아니, 너무 큰 대가를 치렀기 때문에 포기라는 것은 말도 되지 않았다. 마황부 고수들로서도 선택의 여지가 없었다.

그래서 살아남은 여섯 명을 죽이기 위한 고수들만 남겨두고 나머지는 참마검객을 찾아내서 죽이려고 몰려갔었다.

그러나 그들은 오래지 않아서 급보를 접했다. 참마검객 등이 본진 근처에 나타나 단봉천기수들을 구하는 과정에서 마황부 고수들을 괴멸시키고 있다는 것이었다.

그 즉시 참마검객을 잡으러 갔던 마황부 고수들이 속속 돌아왔고, 마침내 이 초원에서 대격전이 벌어졌다.

마황부 고수들은 끝까지 오판을 거듭했다. 자신들이 전력을 쏟으면 호리 일행과 살아남은 단봉천기수들을 죽일 수 있을 것이라고 판단했다.

호리 일행이 당도했을 때, 단봉천기수들은 다섯 명이 살아남아 있었다.

그러나 그중 한 명은 구하는 과정에서 죽었으며, 다른 한 명은 구했지만 너무 심한 상처를 입은 탓에 죽고 말았다.

결국 이 초원에서 호리와 가려, 혁련천풍, 부군주와 두 명의 단봉천기수 도합 여섯 명과 마성군 이십육로와 이십팔로의 마성고수까지 포함된 천육백여 명의 마황부 고수들이 생사혈전을 벌인 것이다.

부군주와 두 명의 단봉천기수, 즉 삼봉(三鳳)과 십봉(十鳳)은 극심한 중상을 입었는데도 사력을 다해서 싸웠다.

그녀들은 단지 스스로를 보호하기만 해도 되는 상황에서, 오히려 이백여 명 가까운 마황부 고수들을 주살하는 초인적인 괴력을 과시했다.

아니, 괴력을 과시한 것은 그녀들만이 아니었다. 호리와 가려, 혁련천풍 세 사람도 죽기를 각오하고 싸웠다.

특히 호리와 가려는 마황부 최강 정예인 마신전사와 마풍사로군을 상대했기 때문에 더욱 고전을 했다.

지금 드넓은 초원에서는 역한 피비린내가 천지를 진동하고 있어서 숨을 쉬기가 어려울 지경이었다.

호리와 가려의 거친 숨소리가 점차 잦아들었다.

문득 가려는 고개를 돌려 호리를 바라보았다. 그녀의 눈에는 한없는 고마움이 가득했다.

호리는 머리 꼭대기에서 발끝까지 피를 뒤집어쓴 혈인의 모습으로 황하 건너편 산으로 지고 있는 석양을 묵묵히 바라보고 있었다.

본래의 모습을 눈곱만큼도 찾아볼 수 없는 호리지만, 가려는 지금 그의 모습이 그 어느 때보다도 늠름하게 보였다.

그가 아니었으면 가려가 그토록 아끼는 단봉천기군 제일조 열 명은 부군주를 비롯하여 모두 죽고 말았을 것이다. 그것은 불을 보듯이 뻔한 사실이다.

호리가 결단을 내린 덕분에 열 명 중에서 세 명이라도 살려낼 수 있었다. 그래서 그녀들 세 명의 목숨은 실로 값진 것이었다.

그때 호리도 가려를 쳐다보았다. 피를 뒤집어쓴 얼굴에서 두 눈만 반짝였다.

온몸에 피를 뒤집어쓰기는 가려도 마찬가지 모습이었다.

문득 굳게 닫혔던 호리의 입이 살짝 벌어지면서 박속처럼 흰 이가 보였다.

부드러운 미소였다.

"가려, 고마워."

울컥!

가려는 누군가 자신의 심장을 거세게 꽉 쥔 것 같은 느낌이 치밀어 올랐다.

"뭐… 가요?"

가려는 자신의 목소리 같지 않은 목소리를 겨우 흘려냈다.

호리의 미소가 조금 더 짙어졌다.

"내게 와주어서, 그리고 날 도와줘서……."

"그런……."

심장을 꽉 쥔 손이 이제는 쥐어짜고 있었다.

호리는 다시 시선을 강 건너 석양으로 던졌다.

"예전에는 아무도 나를, 아니, 우리를 돕지 않았었어. 그 당시에 누군가 조금만 도와주었더라면 나는 항주성으로 돈을 벌러 가지 않아도 됐고, 아버지께서도 돌아가시지 않았을 것이고, 연지도……."

그는 말끝을 흐렸다. 말을 계속하자니 세상이, 그리고 운명이 더러워서 구토가 날 것만 같았다.

산동성 봉래현 시절의 은자 한 냥은 호리네 세 식구가 한 달 동안 풍족하게 살 수 있는 거금이었다.

그렇지만 지금 호리에게는 은자 한 냥이 돈으로 보이지도 않을 정도다.

그는 당금 무림에 떠오르는 신성(新星)인 참마검객이다.

그리고 휘하에 천만금의 재산을 보유하고 있는 구사문을 거느리고 있으며, 호선과 가려 같은 친구가 있고, 혁련천풍 남매 같은 걸출한 수하도 생겼다.

행운은, 그리고 기적은 언제나 필요할 때에는 나타나 주지 않았었다.

지금 아버지와 조연지가 호리와 함께 있다면, 천하의 어느 누구보다도 호강을 시켜줄 수 있을 텐데…….

아니, 조연지가 납치당하는 일이 없었더라면 오늘날의 참마검객은 존재하지도 않았을 터이다.

또한 구사문과 혁련천풍 남매를 휘하로 두는 일도 없었을 것이다.

그래서 운명은 더욱 역겨운 것이다. 길모퉁이 어둠 속에 몰래 숨어서 호리의 비극을 훔쳐보며 키득거리는 놈.

호리는 길게 숨을 토해냈다. 그 숨결에 몸속에 있는 분노를 모두 섞어서 내보냈다.

"고맙다. 내 곁에 있어주어서."

그는 석양을 보면서 가려에게 다시 한 번 고맙다는 말을 반복했다.

"당신……."

사실 가려는 자신의 수하들을 구해줘서 고맙다는 말을 하려고 호리를 쳐다봤었다. 그런데 고맙다는 말을 그가 먼저 해 버린 것이다.

가려는 입술을 삐죽거리며 그를 곱게 흘겼다.

"그런 게 어디 있어요? 고마운 사람은 오히려 전데……."

그녀의 그런 눈빛과 코 먹은 목소리는 보는 사람의 혼을 녹여 버릴 만큼 아름다웠고 또 요염했다.

그렇지만 정작 그녀 자신은 그런 것을 모르고 있었다. 호리 앞에서 자신이 점점 여성화(女性化)되고 있다는 사실을.

스르르…….

그때 우뚝 서 있던 호리의 상체가 갑자기 가려 쪽으로 느릿하게 기울어졌다.

"아……!"

가려는 깜짝 놀라서 급히 오른손의 검을 버리고 두 팔을 내밀어 호리의 몸을 부둥켜안았다.

그러나 그녀는 서 있을 힘조차 남아 있지 않은 탈진 상태라서 자신의 두 배 가까운 체중을 지닌 호리의 몸을 지탱할 수가 없었다.

그녀는 호리를 안은 채 그대로 풀밭에 쓰러졌다.

쿵!

"헉!"

 호리를 안은 상태에서 등과 어깨를 풀밭에 대고 쓰러지자 그의 육중한 무게 때문에 그녀는 헛바람을 들이켰다.

 또한 그의 무게가 고스란히 실린 가슴 부위에 쪼개지는 것 같은 고통을 느꼈다.

 그러나 그녀는 자신의 어깨에 뺨을 댄 채 눈을 꼭 감고 있는 호리의 얼굴을 보는 순간 고통도 무게감도 순식간에 잊어버렸다.

 호리의 코와 입에서 피가 흘러나오고 있는 것을 발견했기 때문이다.

 얼굴에 묻어 있는 피와 몸 안에서 새롭게 흘러나오는 피의 색깔은 확연하게 구별이 됐다.

 가려는 호리가 혼절했다는 것을 깨달았다. 사실 그녀도 극도의 탈진 때문에 혼절하기 직전의 상태였지만, 호리가 혼절하자 오히려 정신이 번쩍 들었다.

 그녀는 힘을 내어 호리를 풀밭에 눕힌 후 손목의 맥을 짚어 보고는 적잖이 놀랐다.

 맥이 거의 느껴지지 않을 정도로 흐릿했으며 심장 박동도 몹시 미약했기 때문이다.

 가려는 호리가 처음부터 마신전사들하고만 싸웠던 것을 기억해 냈다.

 그는 한 명의 마신전사를 죽이고 나면 또 다른 마신전사를 찾아내어 싸우기를 반복했다.

거듭 말하지만, 마신전사는 마황부 최강의 고수로 그 수는 천 명이다.

그리고 이 초원에서의 싸움에는 이십오 명 정도의 마신전사들이 있었다.

이십오 명의 마신전사 중에 호리가 이십이 명을 죽였으니 거의 모두를 죽인 것이나 다름이 없었다.

만약 그가 마신전사들을 먼저 죽이지 않았더라면 이 싸움은 이길 수 없었을지도 모르는 일이었다.

또한 가려와 혁련천풍은 어떻게든 버텼을 것이지만 중상을 입은 부군주와 삼봉, 십봉은 십중팔구 죽음을 면하기 어려웠을 터이다.

가려는 호리 옆에 주저앉아 다친 곳이 없는지 그의 몸을 세밀하게 살피기 시작했다.

그러다가 오래지 않아서 오른쪽 등에 도에 깊숙이 찔린 상처를 발견했다. 그 상처는 너무 깊어서 가슴까지 거의 관통된 상태였다.

또한 왼쪽 어깨가 위에서 아래로 깊숙이 베인 상처와 앞쪽 허벅지에 난 깊은 상처를 연이어 발견했다.

그 세 군데 상처가 가장 깊었으며, 자잘한 상처들은 스무 군데가 넘을 정도였다.

우선 그는 피를 너무 많이 흘렸으며 공력이 한 움큼도 남아 있지 않을 만큼 탈진된 상태였다.

가려는 싸우는 중에도 호리가 가장 열심히 전력을 다해서 싸우고 있는 광경을 종종 발견했었다.

그러나 지금 호리의 모습을 보니까 그는 전력을 다한 정도가 아니라, 아예 자신의 몸을 돌보지 않고 죽기 살기로 싸웠던 것 같았다.

가려는 힘겹게 호리를 엎어놓고 자신의 장심을 그의 명문혈에 밀착시켰다.

진기를 주입시켜 주려는 의도였지만, 안타깝게도 그녀에겐 한 움큼의 진기도 남아 있지 않았다.

그녀는 고개를 들어 주위를 둘러보다가 삼 장쯤 떨어진 곳에 주저앉은 채 눈을 감고 있는 부군주를 절박한 표정으로 바라보았다.

"비선(飛仙), 살아… 있느냐?"

그러자 부군주 비선이 힘겹게 눈을 뜨고 가려를 쳐다보며 입술을 달싹거렸다.

"속하는 괜찮습니다."

그녀는 원래 극심한 중상을 입었었는데 조금 전에 끝난 싸움에서 또다시 몇 군데 상처를 입고 탈진한 상태가 되어, 지금 운공을 하면서 내상을 치료하는 중이었다.

가려는 초조한 표정으로 호리를 굽어보았다.

"공력이 남아 있으면 이분에게 주입시켜라."

그것은 명령이 아니라 애원에 가까웠다.

비선은 손으로 땅을 짚고 힘겹게 일어나더니 비틀거리면서 다가와 가려의 맞은편에 앉았다.

가려는 비선에게 공력이 거의 남아 있지 않을 것이라는 사실을 잘 알고 있었다.

하지만 지금은 물에 빠져서 허우적거리고 있으므로 지푸라기라도 잡아야 하는 급박한 상황이었다.

그녀의 판단으로는, 호리를 이대로 내버려 둔다면 십중팔구 죽을 수밖에 없을 것만 같았다. 무슨 수를 써서라도 그를 살려야만 한다.

비선이 호리의 명문혈에 손바닥을 대고 진기를 주입시키기 시작했다.

가려는 비선의 팔이 후들거리고 악다문 어금니 사이로 가느다란 신음 소리가 흘러나오며, 핏발이 곤두선 두 눈이 금방이라도 툭 터져서 핏물이 뿜어져 나올 것 같은 모습을 보고 있으면서도 그녀에게 그만두라고 말할 수가 없었다.

비선은 사력을 다해서, 정말 죽을힘을 다해 자신의 몸에 남아 있는 마지막 한 올의 진기마저 호리에게 주입시키려고 안간힘을 다했다.

그 모습을 지켜보고 있는 가려는 안쓰러운 표정을 지었다.

문득 그녀는 지금 이 상황이 바뀌어서 비선이 죽어가고 있고 호리가 중상에 탈진한 상태라면 그에게 공력을 주입시켜

달라고 부탁할 수 있을까, 하고 생각해 보았다.

　부질없는 자문자답이지만, 가려는 그러지 못할 것이라는 결론을 내리고 아주 잠깐 씁쓸한 기분이 되었다.

　어느덧 그녀에게는 부군주 비선보다 호리가 더 소중한 사람이 되어 있었다.

　털썩!

　그때 비선의 몸이 기우뚱 옆으로 기울어지더니 풀밭에 쓰러져 버렸다.

　그녀는 마지막 한 올의 진기까지 주입시키다가 끝내 혼절을 해버린 것이었다.

　이 상황에서도 가려는 비선을 먼저 돌보지 않았다.

　그녀는 떨리는 손으로 호리의 맥을 잡았다가 곧 허탈한 표정을 지었다.

　비선이 주입시켜 준 진기는 너무도 미미해서 아예 느껴지지 않을 정도였다.

　그녀가 더없이 착잡한 표정을 지은 채 앉아 있을 때 저만치에서 하나의 물체가 꿈틀거리는 것이 시야에 들어왔다.

　피를 뒤집어쓴 한 사람이 온몸으로 기어서 이쪽으로 아주 느리게 다가오고 있었다.

　가려는 그 물체의 체격을 보고 그가 혁련천풍이라는 사실을 깨달았다.

　그는 오 장의 거리를 무려 일다경이나 걸려서 간신히 기어와 헐떡이면서 바싹 마른 입술을 열었다.

"내… 가… 그에게 공력을… 주입… 하… 겠소……."

"……."

가려가 보기에 호리나 혁련천풍이나 다를 바가 없는 상태였다. 그만큼 혁련천풍도 참담한 모습이었다.

그런데도 가려는 혁련천풍이 기를 쓰고 일어나 앉아 호리의 명문혈에 덜덜 떨리는 손을 대는 것을 보고 있으면서 말리지 못했다.

혁련천풍은 입과 코에서 꾸역꾸역 피를 흘리면서도 진기주입을 멈추지 않았다.

그때 가려는 저만치 두 군데에서 두 사람이 이쪽을 향해 꿈틀꿈틀 기어오는 것을 발견했다.

그리고 오래지 않아서 두 사람이 단봉천기수 삼봉과 십봉이라는 사실을 알아보았다.

툭!

혁련천풍이 진기를 주입시키다가 끝내 혼절을 하자 뒤를 이어 삼봉이, 그리고 잠시 후에 그녀마저 혼절하자 마지막으로 십봉이 호리에게 진기를 주입시켜 주었다.

그녀들의 행동을 보면서 가려는 가슴이 콱 막히고 눈앞이 뿌옇게 변했다.

입술을 달싹거리며 무슨 말을 하려는데 목이 메어서 아무 말도 흘러나오지 않았다.

그녀는 지금과 같은 감동을 한 번도 받아본 적이 없었다.

호리를 살리기 위해서, 그보다 더 나을 것이 없는 네 사람이 먼지가 풀풀 나는 마른 걸레를 짜내듯 자신들의 진기를 아낌없이 주입시켜 주는 광경은 가려에게 감동 이상의 깊은 그 무엇이었다.

십봉이 진기를 주입시키다가 혼절하여 쓰러진 후, 가려는 조심스럽게 호리의 맥을 짚어보았다.

"아……."

그녀의 입에서 나직한 탄성이 흘러나왔다.

그의 맥이 꺼지기 직전이었던 처음과는 달리 지금은 미약하기는 하지만 그다지 어렵지 않게 감지할 수 있을 정도가 된 것이다.

가려는 가슴이 훈훈해져서 흐뭇한 미소를 지었다. 그녀가 흘린 두 줄기 눈물이 피범벅의 뺨에 두 줄기 흰 선을 만들며 굴러 떨어졌다.

그녀는 호리의 맥문에서 손을 떼고는 눈을 감고 잠시 조용히 앉아 있었다.

일다경 후, 끌어 모을 수 있는 최후의 진기까지 모은 가려는 미소를 지으면서 손바닥을 호리의 명문혈에 밀착시켰다.

반 각 후, 그녀는 호리의 등에 엎드려 혼절을 했다.

꿈을 꾸었다.

꿈속에서 호리는 산동성 봉래현에서 아버지, 연지와 함께 살고 있었다.

호리의 나이가 열여섯이나 열일곱쯤 된 것으로 봐서 돈을 벌러 항주성에 가지 않은 것 같았다.

그리고 사부의 부인, 아니, 어머니도 살아 계셨다. 어머니는 처음부터 돌아가시지 않은 것이었다.

그들 한 가족 네 사람은 가난하지도 않았다. 집은 누추하지만 아버지와 호리가 열심히 일한 덕에 굶지는 않았고, 집 안에는 늘 웃음소리가 끊이지 않았다.

그런데 어느 날 아침에 호리가 잠에서 깨어나 보니 집 안에는 아무도 없었다.

전날 밤까지만 해도 네 사람이 밤늦도록 이야기꽃을 피웠었는데, 아무리 찾아봐도, 그리고 밤이 으슥해지도록 기다려도 아버지와 어머니, 연지는 돌아오지 않았다.

호리는 집에서 사흘을 더 기다리다가 가족을 찾기 위해서 길을 떠났다.

갑자기 포구가 나타났다. 눈앞에는 출렁이는 물이 있는데 강인지 바다인지 알 수 없었다.

그것을 건너기 위해서 배를 기다리다가 그는 잠과 꿈에서 깨어났다.

뺨에 차가운 감촉이 느껴졌다. 물기였다.

눈을 뜨니 새파란 풀잎에 송알송알 밤이슬이 맺혀 그의 뺨을 간질이고 있었다.

그는 자신이 엎드린 자세로 뺨을 바닥에 대고 있다는 사실을 깨달았다.

또한 자신이 가려, 혁련천풍, 단봉천기수들과 함께 마황부 고수들과 싸운 직후에 혼절했다는 사실도 깨달았다.

그는 엎드린 상태에서 잠시 눈을 감고 운기를 해보았다. 공력의 이 할가량이 모아졌다.

혼절하기 직전에는 '내가 이대로 죽는 것이 아닌가?' 라고 느껴질 만큼 절박한 상태였었다.

그랬는데 지금은 공력이 이 할이나 모아지다니 실로 다행스러운 일이었다.

겨우 이 할의 공력이지만 그것을 불씨로 삼아 운공조식을 계속하면 내상을 치료할 수도, 본래의 공력을 회복할 수도 있을 것이다.

문득, 그는 자신의 등에 누군가 엎드려 있는 것을 느끼고 조심스럽게 몸을 뒤채어 돌아누웠다.

피범벅인 모습의 가려가 가슴에 뺨을 대고 엎드려 얼굴을 그의 얼굴 쪽으로 향하고 있는 모습이 보였다.

호리는 고개를 이리저리 돌리고 눈동자를 굴려 주변을 살펴보았다.

혁련천풍과 부군주, 삼봉과 십봉이 호리 자신을 중심으로 한 걸음 이내에 아무렇게나 쓰러져 있는 것을 발견했다.

그 순간 호리는 일이 어떻게 된 것인지 깨달았다.
 '아아, 이들이 나를 살렸다!'
꽁꽁 얼었던 몸이 뜨거운 물속에 들어갔을 때처럼 발끝부터 머리 꼭대기까지 녹아들면서 푸근한 감동이 해일처럼 밀려들었다.

그는 느릿하게 손을 뻗어 자신의 가슴에 엎드려 있는 가려의 뺨을 부드럽게 어루만졌다.

따스한 체온이 느껴졌다. 그녀는 아직 살아 있었다.

그때 가려의 눈이 사르르 떠졌다. 호리의 손길에 깬 것이다.

그녀는 맑고 부드러운 눈으로 살포시 미소를 지으면서 호리를 바라보았다.

"괜찮아요?"
라고 그 눈빛이 묻고 있었다.
그녀의 뺨을 어루만지는 호리의 손이 대답했다.
"응. 고마워."
두 사람은 서로를 바라보는 눈길에서 여태까지는 느껴보지 못했던 그 어떤 진한 감정을 주고받았다.

第七十章
조연지의 행방

一擲賭乾坤

산동성의 성도 제남성.

호리 일행은 평도현의 대격전 이후, 휴식과 치료를 병행하면서 열흘이 지난 늦은 오후에 제남성에 당도했다.

그들 일행 여섯 명은 각자 나름대로 최대한 변복과 변장을 한 모습으로 제남성의 번화가로 들어섰다.

마성군의 지휘부인 마성총군이 제남성에 주둔해 있다는 데에도 제남성 거리에서는 마황부 고수들의 모습이 한 명도 보이지 않았다.

성내의 번화가란 원래 떠들썩한 법이지만, 지금은 또 다른 일로 떠들썩했다.

호리 일행이 번화가를 걷고 있을 때, 그들을 스쳐 지나는 많은 사람들이 한 가지 사건을 갖고 침을 튀기며 떠들어대고 있었다.

"참마검객이 하북 평도현에서 마황부 고수들 삼천여 명을 깡그리 전멸시켰다는 소문 들었나?"
"듣다 뿐인가? 자넨 거기에서 죽은 자들 중에 마황부 최강 고수인 마신전사가 사십 명, 다음으로 고강한 마풍사로군이 육백 명이나 포함되었다는 사실을 알고는 있는 겐가?"
"서, 설마……."

"사실은 참마검객이 마황부주인 마랑군과 철천지원수지간 이라더군."
"그래? 금시초문이었네."
"참마검객은 마황부의 종자들을 씨가 마를 때까지 한 놈 한 놈 모조리 죽여 없앤 후에 마랑군과 일 대 일 대결을 벌일 것이라네."
"그런데 참마검객 혼자서 어떻게 마황부 전체를 상대한다 는 말인가? 말도 안 되네."
"자네 모르는 모양이로군."
"뭐가 말인가?"
"참마검객 본인이 우내십절을 능가하는 절대초인(絶對超

시)인 것은 물론이고, 그의 곁에는 몇 명의 절정고수들이 그림자처럼 따르고 있다는 게야."

"그래?"

"더구나 참마검객은 신비한 방파를 거느리고 있다고 하네. 만약 그 방파의 고수들까지 동원하면 마황부를 괴멸시키는 것이 그다지 어려운 일이 아니라는 소문이야."

"음! 그랬었군."

"참마검객은 키가 구 척이고, 장비처럼 생긴 용모에 태산을 옮길 정도의 역발산의 괴력을 지녔다고 하네."

"그뿐인 줄 아는가? 한 손에는 검을, 다른 손에는 언월도를 사용한다는데, 구름과 폭풍우를 불러일으키는 신통력까지 지니고 있다는 걸세."

"현재 무황성과 선황파의 잔존 세력과 구파일방을 비롯한 천하무림의 내로라하는 수백 개 방, 문파들이 참마검객을 찾으려고 혈안이 되었다는군."

"어째서?"

"참마검객을 맹주로 영입하여 거대한 무림맹을 발족할 것이라는 얘기야. 그렇게 해서 마황부를 쳐부순다는 거지."

"그런데 천하무림을 제패하려는 세력은 마황부와 봉황궁

조연지의 행방 31

둘인데, 참마검객은 어째서 마황부만 공격하는 것일까?"

"그것도 모르나?"

"그럼 자넨 뭘 알고 있다는 말인가?"

"이건 정말 비밀인데… 참마검객이 봉황궁 사람이라는 소문이 파다하다네."

"저… 정말인가?"

"봉황궁주 옥선후가 마황부와 손을 잡고 일단 천하무림을 제패한 연후에, 필요가 없어진 마황부를 제거하기 위해서 암암리에 키운 고수가 참마검객이라는 게야."

"음! 이른바 토사구팽이로군."

거리에 가담항설하고 있는 소문들을 모두 옮기려면 한도 끝도 없었다.

호리 일행은 그리 길지 않은 대로를 걸으면서 그런 대화들을 귀가 따갑게 들으며 주루로 향했다. 귀를 기울일 만한 소문은 하나도 없었다.

그때 낯이 익은 한 명의 장한이 전면에서 호리를 발견하고 부지런히 다가와 꾸벅 허리를 굽히며 은밀하게 속삭였다.

"보주."

그는 은초와 철웅을 따라서 먼저 봉래현으로 떠났던 중천보의 백 명의 수하 중 한 명이었다.

"이곳에서 보주를 기다렸다가 거처로 안내하라는 우보주

의 명이 계셨습니다."

우보주는 은초다. 그는 기대했던 것 이상으로 용의주도한 인물이 되어가고 있었다.

호리 일행은 혹시 사람들 눈에 띨지도 모르는 상황에서도 어쩔 수 없이 식사와 휴식을 취하기 위해서 주루로 가려 했었는데 수하가 때맞추어 잘 나타나 주었다.

수하가 안내한 곳은 제남성 내성(內城) 서문인 인선문(麟鮮門) 밖에 있는 건춘장(乾春莊)이라는 아담한 장원이었다.

그곳은 옛 구사문의 제남지부로서 구사문이 제남성 내에 운영하고 있는 여러 전장이나 주루, 기루들을 관리하는 곳이기도 했다.

호리 일행이 식사를 마치고 나자 기다리고 있던 수하, 즉 중천보 제일당 휘하 일향주가 공손히 보고를 올렸다.

"마성군 지휘부인 마성총군은 성 밖 남쪽의 태산(泰山) 자락에 주둔하고 있습니다. 인원은 도합 오백여 명 정도이고, 매복은 없는 것으로 확인됐습니다."

아직도 완전히 회복되지 않은 초췌한 모습의 혁련천풍이 일향주에게 물었다.

"이 주변에 마황부의 또 다른 세력은 보이지 않더냐?"

예전에는 조연지 때문에 마성군밖에는 관심이 없었지만, 평도현에서 이천육백여 명의 매복 때문에 톡톡히 곤욕을 치르고 나서부터는 마황부의 또 다른 세력에 대해서 궁금하지 않을 수가 없었다.

"확인해 봤지만 없었습니다. 가장 가깝게 있는 것이 천여 리 떨어진 안휘 남부 회하(淮河) 유역을 이동 중인 마혈군 본진 마혈총군입니다. 그들 뒤로는 백여 리 간격으로 오십일 개의 마혈로들이 산개해서 따르고 있습니다."

삼마군의 하나인 마혈군이 이곳에서 천여 리나 떨어진 회하 유역을 이동하고 있다면 별달리 문제될 것은 없었다.

마성군도 원래 마혈군처럼 마성총군이 앞서 나가고 오십일 개 마성로들이 뒤따르는 형세였는데, 참마검객이 하나씩 차근차근 요절을 내버린 것이었다.

결국 마성총군은 혼자 뚝 따로 떨어져서 몸통은 없고 대가리만 남은 신세가 되고 말았다.

문득 혁련천풍은 궁금증이 일었다.

"그렇다면 현재 마도군은 어디에 있느냐?"

마황부 삼마군의 마성군이 중원의 북부 지역을, 마혈군이 중부 지역을 관통하고 있다면 마도군은 남부 지역에 있지 않을까 하는 것이 그의 짐작이었다.

"마도군은 하남성을 출발하여 호북성과 강서성을 지나 현재 복건성(福建省)에서 절강성을 향해 북상 중입니다."

혁련천풍의 추측이 들어맞았다. 마황부의 최후의 표적은 무림오황의 하나 남은 검황루다.

검황루를 완벽하게 괴멸시키기 위해서 삼마군을 북쪽과 중앙, 남쪽 삼로(三路)로 나누어 검황루가 있는 절강성으로 향하게 한 것이다.

 혁련천풍은 호기심이 발동했다. 마황부의 주력(主力)들은 무엇을 하고 있는 것인지 궁금해진 것이다.

 마황부에게 전멸당한 무황성의 대공자였던 그로서는 마황부의 행보에 대해서 궁금한 것이 당연했다.

 그런 것을 알아서 무엇을 어떻게 해보겠다는 것이 아니다. 그에게는 마황부나 봉황궁을 어떻게 해볼 터럭만 한 능력도 없으며, 그가 상전으로 모시게 된 호리도 마황부하고 원한을 맺은 적이 없다.

 오직 조연지를 찾는 것만이 호리의 목적이었다.

 일향주는 마치 외우고 있었던 것처럼 마황부의 현재 동향에 대해서 줄줄 읊어댔다.

 마황부는 부주 마랑군의 그림자인 마중십팔혼과 육백 명의 마신전사, 천 명의 마풍사로군을 이끌고 중원의 정복판을 관통하여 이미 절강성 경내로 들어갔다.

 봉황궁주인 옥선후 사도빙은 추홍쌍신을 대동, 단봉천기군과 응서황기군, 주작조양군 도합 일천 명의 초정예고수 봉황심절군을 거느리고 마랑군과 함께 절강성에 입성(入省)했다.

 아마도 수일 내로 마황부와 봉황궁의 대대적인 공격이 개

시될 터이다.

 마황부 삼마군이 삼면에서 포위지세를 형성한 상태에서 절강성을 향하고 있으니, 설사 공격에서 살아난 고수들이 있다고 삼마군이 펼쳐 놓은 천라지망을 빠져나가지는 못할 것이다.

 혁련천풍은 착잡한 기분에 빠져들었다.

 '천하무림은 곧 마황부와 봉황궁 수중에 떨어지겠군.'

 가려는 태연한 표정이었다. 그녀는 이제 봉황궁 쪽보다는 중천보, 즉 호리의 일에 더 관심이 깊고 많았다.

 이상한 일이지만 왠지 마황부와 봉황궁이 천하를 제패한다는 사실이 남의 일처럼 느껴지기까지 했다.

 가려만큼은 아니지만 부군주 비선과 삼봉, 십봉도 덤덤한 표정으로 일향주의 설명을 듣고 있었다.

 일향주의 설명이 끝나자 가려가 호리를 보며 물었다.

 "마성총군이 남쪽으로 이동하기 전에 잠입해서 조 소저의 행방을 알아봐야 하지 않을까요?"

 호리를 바라보는 가려의 눈빛은 평도현에서의 대격전 이전과는 많이 달라져 있었다.

 몹시 부드럽고 온화하며 따뜻한 눈빛이었다. 또한 말을 할 때 콧등을 쫑긋거리는 것과 입술 끝을 말아 올려서 애교 섞인 미소를 짓는 버릇이 새로 생겼다.

 그렇지만 언제나 그랬듯이 그녀 자신은 그런 것을 까맣게 모르고 있었다.

"글쎄……."

호리는 가려를 보면서 생각하는 표정을 지었다.

"내 생각인데, 마성총군은 당분간 제남성에서 움직이지 않을 것 같군."

"어째서요?"

그렇게 묻는 가려의 목소리에는 비음이 듬뿍 섞여 있었다.

호리를 대하는 그녀의 일거수일투족은 어찌 보면 사랑을 알기 시작한 여자의 그것과 많이 비슷했다.

그런 것을 혁련천풍과 비선, 삼봉과 십봉이 알아차리지 못할 리가 없었다.

그들은 신기하면서도 복잡한 표정으로 가려와 호리를 바라볼 뿐 내색하지 않았다.

"가려도 방금 일향주가 한 설명을 들었겠지?"

호리가 턱으로 일향주를 가리키자 가려와 중인은 그를 쳐다보았다.

"그런데요?"

그렇지만 모두들 호리가 무슨 생각을 하고 있는지 감을 잡지 못하고 있었다.

호리는 손가락을 세워서 탁자를 가볍게 두드리며 차분한 어조로 설명했다.

"마황부의 목적은 검황루를 치는 것이지. 아마 마신전사와 마풍사로군, 그리고 봉황궁의 봉황삼절군이 공격의 제일선을 맡게 되겠군."

"그렇겠지요."

가려는 자신을 바라보는 호리의 눈빛이 예전보다 훨씬 따스해졌고 음성도 부드러워졌다고 생각하면서 흡족한 기분으로 고개를 끄덕였다.

"그렇다면 마황부 삼마군의 임무는 검황루와 검황루를 추종하는 방, 문파들이 도주하지 못하도록 천라지망을 치는 것이 아니겠어?"

"당연히 그렇지요."

"그런데 삼마군 중에 북쪽에서 절강성으로 남하하여 천라지망을 쳐야 할 마성군에게 문제가 생겼지. 이끌고 있던 전력에 차질이 생겼으니까."

"아······."

가려는 그제야 뭔가 알 것 같은 표정을 지었다.

"우리가 마성고수들을 몇 명이나 죽였지?"

가려는 또다시 얼음을 녹일 듯한 따사로운 미소를 배시시 지어 보였다.

"우리가 아니라 보주 혼자 죽인 것이지요. 우리는 평도현에서 조금 거들었을 뿐이에요."

그녀는 잠시 생각을 정리했다가 다시 입을 열었다.

"마성군은 아마도 팔천삼백 휘하 고수 중에서 천오백 정도의 손실을 입었을 것 같군요. 마신전사와 마풍사로군, 철로고수들이 죽은 것은 별도구요."

가만히 있던 혁련천풍이 거들었다.

"그것도 그것이지만, 마성군은 일정에 큰 차질을 빚었을 것입니다. 마성총군이 선두로 길을 열면 오십일로가 백여 리 간격으로 뒤따르는 형국일 텐데, 보주께서 한바탕 휘저어놓으신 바람에 엉망진창이 되었을 것입니다."

그는 잠시 숨을 고른 후 말을 이었다.

"그러니 마성총군은 이곳에서 뒤따르는 오십일로를 기다렸다가 재정비를 한 후에 남하할 것이다, 라는 것이 보주의 지적이로군요."

호리는 담담히 고개를 끄덕였다.

"그렇네. 마성총군 오백여 명이 남하해 봤자 천라지망 같은 것을 펼칠 수 없을 테니 당분간은 이곳에서 머무르겠지."

가려와 혁련천풍은 새삼 감탄하는 얼굴로 호리를 쳐다보았다. 자신들은 거기까지는 생각하지 못했던 것이다.

두 사람은 꽤 오랫동안 호리 곁에 있으면서 그에 대해서 많이 놀라고 감탄했었지만, 감탄은 끝이 없었다.

"저… 보주."

호리를 하늘이라 여기고 있는 일향주가 극히 조심스럽게 입을 열었다.

"지금 마성군주가 제남성 내에 있습니다."

모두의 표정이 가볍게 변할 때 가려가 급히 물었다.

"마성군 우두머리인 마성군주가 말이냐?"

"그렇습니다, 총호법님."

일향주가 가려를 '총호법'이라고 호칭하자 비선과 삼봉, 십봉은 적잖이 놀라는 표정을 지었다.

봉황궁 서열 사위인 가려가 '총호법'이라니, 대체 어떤 방파에 소속됐다는 말인가.

비선 등은 조금 전에 가려와 혁련천풍이 호리를 '보주'라고 호칭했던 것을 기억해 냈다. 그런 것을 보면 가려가 호리의 수하인 것 같기도 했다.

전에 같았으면 이 문제에 대해서 비선 등은 몹시 심각하게 받아들였을 것이나 지금은 별로 개의치 않았다.

자신들이 봉황궁 단봉천기군이긴 하지만 몇 달 전부터 호리를 호위하는 특별한 신분이 됐다는 사실 때문이었다.

또한 그녀들은 열흘 전에 평도현에서 자신들의 생애에서 두 번 다시 없을 치열한 대격전을 치렀다.

수십 차례나 생사를 넘나드는 그 싸움 이후 가려와 그녀들은 상전과 수하 이상의 끈끈하고 두터운 정(情)이 생겨났다.

또한 호리와 혁련천풍을 새롭게 보게 되었다. 특히 호리에 대해서는 자신들이 호위해야 할 대상이 아닌, 생명의 은인이라는 느낌이 강해졌다.

일향주의 보고가 이어졌다.

"마성총군 본진은 남문 밖 태산 자락에 있는데, 마성군주는 며칠 전부터 성내 백화각(百花閣)이라는 기루에 머물고 있는 중입니다."

"기루라고?"

가려는 중얼거리면서 염두를 굴렸다. 마성총군에 잠입하는 것보다는 마성군주를 제압하여 일을 해결하는 것이 훨씬 빠르고 수월할 것 같다는 생각이 들었다.

호리와 혁련천풍도 그녀와 같은 생각을 하고 있었다.

가려는 호리를 바라보며 물었다.

"보주, 어떻게 할까요?"

호리는 가볍게 고개를 끄덕였다.

"놈을 잡자."

마성군주는 지독히도 운이 없었다.

제남성 내 최상급의 백화루는 우연히도 옛 구사문, 그러니까 지금의 중천보가 운영하고 있는 기루였다.

그러므로 마성군주를 제압하기 위해서 호리 일행이 수고스럽게 백화루에 잠입을 한다거나, 마성군주가 술을 마시고 있는 전각 주변을 물샐틈없이 경호하고 있는 호위고수들의 경계망을 힘들여 뚫을 필요도 없었다.

그저 중천보 제삼향에 소속된 백화루주의 극진한 안내를 받아 마성군주가 있는 방에 들어가면 그만이었다.

조연지의 행방 41

"나 참… 대체 이 방법을 누가 구상해 낸 거죠?"

가려는 아까부터 자신의 모습을 자꾸만 동경(銅鏡:구리거울)에 비춰보면서 투덜거렸다.

그녀는 백화루 하녀들의 도움으로 백화루에서 가장 잘나가는 기녀로 변장을 한 모습이었다.

그녀뿐만 아니라 비선과 십봉도 기녀로 변장을 하여 꿔다놓은 보릿자루처럼 어색하게 서 있었다.

십봉은 원래 가녀리고 여린 몸매에 곱상한 용모라서 기녀 차림이 잘 어울렸다.

더구나 그녀는 성격마저 수더분하고 차분해서 시키는 대로 말없이 따랐다.

그렇지만 명색이 봉황궁 단봉군주이며 중천보 총호법인 가려와 큰 키에 성격까지 냉랭한 부군주 비선은 기녀 차림이 영 못마땅해서 언짢은 기분이었다.

어색하기는 하인 복장을 한 호리와 혁련천풍이 더했다. 두 사람은 워낙 기골이 장대하고 용모가 출중하여 하인으로 변장을 해도 쉽게 눈에 띄었다.

그렇지만 어쩔 수가 없었다. 소란을 피우지 않고 마성군주 코앞까지 갈 수 있는 방법으로는 이것이 최상이었다.

더구나 호리를 비롯한 모두가 아직 성치 않은 몸이라서 되도록이면 불필요한 싸움은 피하는 편이 좋았다.

만약 삼봉이 행동하는 데 지장이 없을 만큼 상태가 호전되었다면 가려까지 기녀로 변장하지 않아도 좋았을 것이다.

가려와 비선이 불편해하면서 자꾸 몸을 가리는 데에는 그만 한 이유가 있었다.

옷이 울긋불긋하고 온갖 장식이 달려 있는 것까지는 어떻게든 참을 수가 있었다.

그런데 가슴이 푹 파여서 젖가슴이 절반이나 노출된 것이나, 옷감이 매미날개처럼 얇아서 속살이 훤히 내비치는 것은 도저히 견딜 수가 없었다.

가려는 훤히 내비치는 속곳 때문에 한 손으로는 은밀한 부위를 가리고, 터질 듯이 드러난 젖가슴 때문에 또 한 손으로 가슴을 가리고는 전전긍긍 어쩔 줄을 몰라 했다.

문득 혁련천풍의 시선이 비선에게 향했다. 그는 단지 그녀의 기녀 복장이 어색하지 않은가 점검을 할 생각이었는데, 그 시선이 비선을 불쾌하게 만들고 말았다.

비선은 두 눈을 세모꼴로 만들고 잡아먹을 듯이 혁련천풍을 쏘아보았다.

호리도 가려의 모습을 찬찬히 살펴보고 있었다.

가려는 부끄러움 때문에 얼굴이 새빨개져서 어쩔 줄을 모르고 발을 동동 굴렀다.

그러는 그녀의 모습은 신방에 들어간 새색시의 그것이나 다를 바 없었다.

"보… 지 말아요."

"음, 예쁘군."

호리는 가볍게 고개를 끄덕였다. 실제 그의 입가에는 엷은 미소마저 떠올라 있었다.

호리의 '예쁘다'는 한마디는 가려로 하여금 한순간에 부끄러움을 날려 버리게 해주었다.

"정… 말이에요?"

"응. 가려가 이렇게 예쁜 줄은 몰랐어."

가려의 조심스러운 물음에 호리는 고개를 끄덕여 주었다.

"하아… 하하하!"

가려는 진땀을 흘리듯 이상하게 웃고 나더니, 그때부터는 조금도 부끄러워하지 않고 외려 보란 듯이 실내를 활보하며 돌아다녔다.

혁련천풍도 그 방법을 비선에게 써보기로 했다.

"흠, 예쁘오."

그러나 그는 상대를 잘못 골랐다.

비선은 저승사자 같은 표정을 지으면서 일장을 발출할 듯 손을 치켜들었다.

"죽고 싶으냐?"

지금 그녀의 눈에는 구명지은의 은인이고 나발이고 아무 것도 보이지 않았다.

백화루주 말로는 마성군주가 벌써 닷새째 백화루에서 아예 숙식을 하고 있다고 했다.
 마성군 휘하 오십일로가 모두 도착할 때까지 기다려야 하니 지루하기도 했을 것이다.
 마성군주는 마음에 들지 않는다고 하루에도 몇 명씩이나 기녀들을 갈아치웠다고 한다.
 그러나 그의 호색(好色)도 오늘 밤이 마지막이 될 것이다.
 척!
 방문이 열리고 백화루주의 안내로 오늘 마성군주를 모실 세 명의 기녀와 요리 접시를 양손에 든 두 명의 하인이 질서 있게 안으로 들어갔다.
 백화루주가 예상했던 대로 하인과 기녀로 변장한 호리 일행은 마성군주가 묵고 있는 전각 주위의 철통같은 경계를 너무도 간단하게 통과했다.
 실내는 화려하기 짝이 없었는데, 커다란 자단목 탁자 둘레에 세 명의 인물이 앉아서 들어서는 세 명의 기녀를 핥듯이 살펴보았다.
 상석에 앉은 자가 마성군주였다. 오십대 중반의 인물인데, 꼭 두꺼비를 연상케 하는 용모와 체구를 지녔다.
 그러니 쭉 찢어진 눈은 살모사처럼 날카로웠고, 두툼한 입술은 음흉한 흉계를 꾸미고 있는 것처럼 보였다.
 마성군주의 좌우에 앉아 있는 두 명은 각각 부군주와 참모

격인 책사(策士)였다.

마성군주의 시선이 재빨리 세 여자를 차례차례 훑더니 곧 가려의 얼굴에 고정되었다. 그것으로 가려는 마성군주에게 낙점되었다.

세 여자 중에 미모나 몸매로 가려가 제일 뛰어나니 당연한 결과였다.

아니, 사실 그녀는 짝을 찾아보기 어려울 만큼 경국지색(傾國之色)이라서 장님이 아닌 이상 남자라면 누구든 그녀를 선택할 터이다.

백화루주가 눈치껏 재빨리 가려를 마성군주에게, 비선을 부군주, 십봉을 책사 곁에 앉혔다.

식사도 상전이 먼저 하는 법이다. 부군주와 책사는 마성군주의 눈치를 보느라 뻣뻣하게 앉아서 비선과 십봉을 힐끗거릴 뿐이었다.

상전을 닮아 호색한인 두 놈의 눈은 색정으로 번들거렸고 입 안에는 침이 고였다.

호리와 혁련천풍은 될 수 있는 대로 그들에게 얼굴을 보이지 않으려고 애쓰면서 탁자에 갖고 온 요리들을 내려놓기 시작했다.

마성군주는 가려에게서 잠시도 눈을 떼지 않았다. 그의 눈길은 그녀의 얼굴보다는 젖가슴과 훤히 내비치는 속곳, 허벅지와 허리를 이리저리 부유했다.

가려는 그의 눈길이 마치 독사의 혀가 몸에 닿는 것처럼 움찔거렸으며, 실제로 그녀의 드러난 팔에는 비늘처럼 소름이 돋아나 있었다.

그때 마성군주가 갑자기 솥뚜껑 같은 두 손으로 가려의 가느다란 허리를 덥석 잡는가 싶더니 번쩍 들어 올려 자신의 무릎에 앉혔다.

"앗!"

칼에 목이 찔려도 신음조차 지르지 않을 그녀지만 이 상황에서는 다급한 비명을 지르고 말았다.

호리가 신호를 보내야만 행동을 취하도록 사전에 약속이 되어 있는 상황이었다.

하지만 마성군주의 무릎에 올라앉은 가려는 신호를 기다릴 만큼 여유롭지 못했다.

아주 짧은 순간, 그녀는 자신이 최초로 사내의 무릎에 앉게 된다면, 그 사내는 호리가 되어야만 한다고 생각했다.

그녀의 크게 흔들리는 시선은 요리 접시를 내려놓고 있는 호리의 얼굴에 고정되어 있었고, 그녀의 오른손이 주먹을 움켜쥔 채 마성군주의 정수리를 짧고 강하게 내려치고 있었다.

퍽!

둔탁힌 격타음과 함께 마성군주의 머리통이 박살나며 피와 뇌수가 뒤섞여 사방으로 튀었다.

"어?"

"헛!"

 마성군 부군주와 책사는 동시에 놀라서 피범벅이 되어 있는 마성군주와 가려를 쳐다보았다.

 그러나 그들은 그 순간 무엇이 어떻게 된 일인지 미처 갈피를 잡지 못했다.

 인간의 두뇌라는 것이 제 기능을 하려면 어떤 상황이 벌어지고 나서 일정 시간이 지나야만 하기 때문이다.

 파파팍!

 그 순간 비선과 십봉이 번개같이 부군주와 책사의 마혈과 아혈을 제압해 버렸다.

 그녀들은 두 사람 옆에 바짝 붙어서 앉아 있었으므로 제압하는 것은 손바닥을 뒤집는 것보다 쉬웠다.

 마성군주를 죽이고 부군주와 책사를 제압하는 것은 눈 한번 깜빡하는 찰나지간에 시작되고 끝나 버렸다.

 호리는 씁쓸한 표정을 지었다. 마성군주를 제압하는 것이 목적인데, 가려가 분을 참지 못하고 한 주먹에 죽여 버렸기 때문이었다.

 그러나 이미 벌어진 일, 어쩔 수가 없었다.

 비선과 십봉은 부군주와 책사의 뒷덜미를 잡아 번쩍 들었다가 바닥에 내동댕이쳤다.

 그녀들은 쓰러져 있는 부군주와 책사의 가슴에 한 발을 올려놓았다. 여차하면 밟아버리겠다는 뜻이었다.

호리가 그들 앞에 우뚝 서서 팔짱을 끼고 굽어보면서 조용히 중얼거렸다.

"조연지라는 소녀를 아느냐?"

두 놈은 눈만 껌뻑거릴 뿐 대답하지 않았다. 아니, 아혈이 제압됐기 때문이다.

비선과 십봉은 손가락을 슬쩍 튕겨 지풍을 발출하여 두 놈의 아혈을 풀어주었다.

"끄으으……"

"크으으……"

비선과 십봉이 힘주어 가슴을 밟고 있었기 때문에 두 놈은 신음부터 흘렸다.

호리는 조연지가 어떻게 해서 마황부에 붙잡혀 갔는지에 대해서 간단하게 설명해 주고 나서 다시 물었다.

"그녀를 아느냐?"

두 놈은 일그러진 얼굴로 눈만 껌뻑거렸다.

누워 있는 그들의 시선이 본의 아니게 아래에서 위로 비선과 십봉의 치마 속의 속곳 정중앙 깊은 곳을 올려다보는 자세였으므로 두 여자는 싸늘한 표정으로 당장이라도 짓밟을 듯한 기세였다.

"아는 놈은 살려주겠다."

호리가 다시 말하자 책사가 눈알을 굴려 부군주의 눈치를 살피더니 더듬거렸다.

"내… 내가 알 것 같다."

혹독한 수련을 받은 고수들과는 달리 책사라는 지위는 머리와 혓바닥만 잘 굴리면 되기 때문에 인내심 같은 것이 별로 없기 마련이다.

부군주의 가슴을 밟고 있는 비선이 발을 들어 올렸다가 추호의 망설임도 없이 그자의 얼굴을 짓밟아 버렸다. 책사가 조연지를 안다고 했으니 부군주는 필요가 없어진 것이다.

우직!

부군주는 눈을 크게 부릅떴다가 비명도 지르지 못하고 즉사해 버렸다.

머리통이 으깨어졌는데도 몸뚱이는 잠시 동안 버둥거리다가 이내 축 늘어졌다.

책사는 마성군주에 이어 부군주마저 처참하게 죽는 것을 목격하고는 완전히 공포에 질려 버렸다.

"말해라."

가라앉은 목소리로 그렇게 묻는 호리의 얼굴에는 팽팽한 긴장이 자욱하게 깔려 있었다.

그도 그럴 것이, 조연지의 소식을 최초로 듣기 직전이기 때문이었다.

"그녀가 조연지인지는 잘… 모르지만……."

책사가 눈알을 굴리면서 말끝을 흐리자 가슴을 밟고 있던 십봉이 발에 슬쩍 힘을 주었다. 그녀는 여린 듯한 외모와는 달리 독한 면이 있었다.

뚜둑!

"끄윽……."

갈비뼈가 두 개 부러지자 책사는 죽는시늉을 하며 황급히 말을 이었다.

"낙양성에서 무, 무황성 청룡위사 두 명이 호위하고 있던 소녀를 본 적이 이… 있다."

"그녀는 지금 어디에 있느냐?"

"으으… 마성군주의 하녀로 두려고 했으나… 총군을 방문한 마총군사(魔總軍師)의 눈에 들어 그가 데려갔다……."

마성군주 같은 색마의 하녀라면 하녀가 아니라 보나마나 노리개, 즉 색욕의 대상으로 삼으려는 것이 분명했다.

"마총군사가 누구며 어디에 있느냐?"

"그, 그는… 부주의 군사다… 그러니까 부주 옆에 있을 것이다."

호리의 눈이 커졌다가 스르르 풀렸다. 뿐만 아니라 온몸의 기운이 쭉 빠졌다.

조연지가 마황부주 마랑군 근처에 있다니, 이보다 더 최악의 소식은 없을 것이다.

뿌득!

"틀림없느냐?"

"끄아……."

십봉이 발에 또다시 힘을 주어 갈비뼈를 부러뜨리자 책사가 비명을 지르려는 것을 옆에 있던 비선이 즉시 발바닥으로 그의 입을 찍어 눌러 버렸다.

비선이 발을 떼자 책사는 입술이 짓뭉개지고 앞니가 부러져 피투성이가 된 입으로 더듬거렸다.

"으으… 틀림… 없다……."

"어떻게 확신하느냐?"

"내… 내가… 그녀를… 점찍어놨었으니까… 잘 안다……."

"개새끼!"

곱상하게 생기고 여린 심성인 줄만 알았던 십봉이 욕설을 내뱉으며 책사의 머리통을 짓밟으려고 발을 들어 올렸다. 그녀도 호리가 조연지를 찾으려고 얼마나 노심초사하는지 잘 알고 있기 때문에 분을 참지 못했던 것이다.

"그를 살려둬라. 쓸모가 있을 거야."

그때 호리가 나직이 중얼거리면서 몸을 돌렸다. 이곳에서의 볼일은 끝난 것이다.

그리고 조연지가 어디에 있는지도 알게 됐다. 더 이상 이곳에 있을 필요가 없었다.

혁련천풍이 호리를 뒤따르면서 백화루주에게 지시했다.

"이 시각 이후 백화루를 버린다."

"우호법의 명을 받듭니다."

백화루주는 공손히 허리를 굽혔다.
 그날 밤, 마성군주가 있던 전각 주변을 지키던 삼십여 명의 마성고수들은 아무것도 모른 채 전각 깊숙한 곳에 널브러져 있는 두 구의 시체를 철통같이 호위했다.

第七十一章
귀향(歸鄕)

一 擲賭者
乾坤

호리 일행은 다시 건춘장으로 돌아왔다.

호리와 가려, 혁련천풍은 마성군 책사를 심문하는 한편, 어떻게 하면 마황부주 근처로 잠입하여 조연지를 구출할 수 있을지에 대해서 의논하느라 밤을 뜬눈으로 지새웠다.

그렇지만 방법이 전무했다.

여러 차례 상의를 거듭했지만, 혼자서 마신전사 열 명을 한꺼번에 상대하여 십 초 안에 제압한다는 마중십팔혼 열여덟 명이 그림자처럼 호위하고 있는 마랑군 근처에 잠입하는 것보다는 차라리 황제 곁으로 잠입하는 것이 쉬울 것이라는 결론에 도달했을 뿐이었다.

마랑군 측근에는 마중십팔혼이 있지만 그 한 겹 밖에는 마신전사들이 득실거리고, 또 그 외곽에는 수백 명의 마풍사로군이 진을 치고 있다.

그런 상황에서 조연지를 구출한다는 것은, 아니, 잠입한다는 자체가 하늘에서 별을 따는 것보다 어려울 터이다.

더구나 지금은 마황부와 봉황궁이 합세하여 검황루를 공격하기 직전, 즉 태풍 전야의 상황이다.

또한 공격이 시작되면 한동안은 절강성 일대가 격전지로 변해 버릴 터이다.

아무리 궁리를 거듭해 봐도 조연지를 구출할 수 있는 방법은 요원하기만 했다.

푸드득!

뿌옇게 새벽의 여명이 터올 무렵, 건춘장 뒤뜰에서 한 마리 금빛 매가 허공으로 높이 날아올랐다.

봉황궁에서 연락용으로 사용하고 있는 금혈비응이었다.

금혈비응을 날려 보낸 가려는 매가 시야에서 사라질 때까지 그 자리에 서서 지켜보았다.

그녀는 금혈비응의 발목에 달린 전통 안에 마성군주의 책사에게서 조연지에 대해 새롭게 알아낸 사실을 적어 호선에게 보냈다.

호선이 마랑군 곁에 있으니 그녀라면 뭔가 방법을 찾아낼

지도 모른다고 생각한 것이다.

그때 문득 가려는 미미한 기척을 느끼고 재빨리 상체를 돌리는 것과 동시에 공력을 끌어올렸다. 적이라면 공격을 하기 위해서였다.

"아……."

다음 순간 그녀의 입에서 나직한 탄성이 흘러나왔다.

오륙 장쯤 떨어진 전각 모퉁이에 우뚝 서 있는 혁련천풍을 발견한 것이다.

그녀는 일장을 발출하려던 자세 그대로 굳어버려 한동안 혁련천풍을 보며 서 있었다.

혁련천풍은 약간 굳은 표정으로 눈도 깜빡이지 않은 채 가려를 주시했다.

그러더니 몸을 돌려 모퉁이 뒤로 사라져 버렸다.

가려는 일순 어떻게 해야 할지를 몰랐다. 자신이 호선에게 보내는 금혈비응을 날리는 광경을 누군가 보고 있을 줄은 생각조차 하지 않았었다.

그녀는 자신의 조심성없음을 뒤늦게 후회했지만 이미 때는 늦고 말았다.

휘익!

그녀는 번쩍 신형을 날려 혁련천풍이 사라진 전각 모퉁이로 쏘아갔다.

모퉁이를 돌아서니 저만치 혁련천풍이 정원으로 걸어가고

있는 모습이 보여 신형을 날려 허공에서 한 바퀴 공중제비를 돈 후 그의 앞에 내려서며 가로막았다.

"멈춰!"

걸음을 멈춘 혁련천풍은 담담한 표정으로 묵묵히 가려를 쳐다보았다.

가려가 멈추라고 해서 혁련천풍이 멈추었다. 하지만 그다음에 어떻게 할 것이라고 그녀는 생각하지 않았다.

짧은 침묵이 흘렀다.

혁련천풍은 여전히 담담한 얼굴로, 가려는 복잡한 표정으로 서로를 응시할 뿐 입을 열지 않았다.

가려는 무슨 말부터 해야 할지 단어가 떠오르지 않았다. 대체 무엇을 어떻게 묻는다는 말인가?

무엇을 봤느냐고 다짜고짜 묻는 것도 이치에 맞지 않았다.

뭘 알고 있느냐는 물음은 가려가 엉큼한 짓이라도 하고 있었다는 것을 시인하는 격이다.

또한 방금 본 것을 아무에게도 말하지 말라는 식의 어설픈 요구는 더욱 이상했다.

"보… 주는 어디에 계시죠?"

결국 가려는 마음에도 없는 소리를 하고 말았다.

혁련천풍은 잠시 말없이 가려를 바라보다가 입가에 엷은 미소를 떠올렸다.

찔리는 것이 있는 가려는 가볍게 아미를 찡그리며 가시처럼 톡 내쏘았다.

"뭐죠? 그 미소는?"

혁련천풍은 꿈쩍도 하지 않았다. 그는 미소를 지우고 대신 담담한 표정으로 입을 열었다.

"나는 총호법께서 보주를 얼마나 염려하고 위하는지 잘 알고 있소."

"그게 뭐 어쨌다는 거죠?"

"역지사지(易地思之)."

이거야말로 선문답(禪問答)이 아닐 수 없었다. 그렇지만 가려는 지나칠 정도로 총명한 여자라서 혁련천풍의 말을 즉시 알아들었다.

역지사지란 입장을 바꾸어놓고 생각한다는 뜻이다.

즉, 조금 전에 가려가 금혈비응을 날려 보냈던 일을 만약 혁련천풍이 행했고 그것을 가려가 목격했더라면 그녀는 그를 의심했겠느냐는 뜻이었다.

혁련천풍은 가려 못지않게 호리를 진심으로 따르고 신뢰하는 사람이다.

더구나 이제는 호리의 수하가 된 몸이니 거기에 충성심까지 더해졌을 터이다.

그린 그기 비합전서를 날리는 광경을 가려가 목격했다고 해서 과연 그를 의심할 수 있겠는가.

대답은 '그를 믿는다' 였다.

가려는 배시시 미소를 지었다. 그렇다면 혁련천풍 역시 가려를 믿을 터이다.

이보다 더 훌륭한 대답은 없었다.

그녀는 환한 미소를 지으면서 종달새처럼 명랑하게 말하며 빙글 몸을 돌렸다.

"그래요. 내겐 보주밖에 없어요."

걸음을 옮기기 시작하는데 자신이 방금 한 말이 귓가에 쟁쟁 울렸다.

'내겐 보주밖에 없어요' 라니…….

내심을 그처럼 쉽사리 표현해 버리다니, 아니, 정말 그런 속마음이 있기는 한 것인지도 의심스러웠다.

그렇지만 때로는 생각보다 말이나 행동이 먼저 튀어나갈 때가 종종 있는 법이다.

가려는 얼굴이 화끈거렸다. '내겐 보주밖에 없어요' 라니, 정말 가당키나 한 말인가?

그녀의 걸음이 자꾸만 더 빨라지더니 잠시 후에는 마구 달리고 있었다.

혁련천풍에게, 아니, 자신에게 자꾸만 더 부끄럽고 남우세스러워서 견딜 수가 없었다.

언제 멈추었는지도 모르는 사이에 그녀는 어느 전각의 벽에 등을 기댄 채 한 마리 참새처럼 할딱할딱 가쁜 숨을 몰아쉬고 있었다.

그 정도로 달리는 것으로는 만 리를 달린다고 해도 숨이 차지 않을 공력의 소유자인 그녀가, 겨우 수십 장을 달렸다고 해서 가쁜 숨을 몰아쉴 리가 없었다.

"하아… 하아… 설마 그 말이 내 진심이었을까?"

그녀는 노을처럼 발갛게 물든 뺨을 두 손으로 감싸면서 혼잣말을 했다.

그녀는 그대로 가만히 서서 숨을 고르며 환하게 밝아오는 동녘을 바라보았다.

점차 마음이 진정되면서 한 가지 생각이 맑은 샘물처럼 오롯이 솟구쳤다.

아까 혁련천풍 앞에서 했던 말은 그녀의 진심이라는 사실을 깨달았다.

가려는 부끄러운 듯 얼굴을 붉히면서 작게 몸부림을 치며 나직이 중얼거렸다.

"아아… 어쩌면 좋아? 아무래도 나는 그를 사랑하고 있는 것 같아."

순간 말을 끝내자마자 그녀는 그 자세 그대로 꽁꽁 얼어붙어 버렸다.

언제 나타났는지 혁련천풍이 전각 모퉁이를 돌아 그녀를 향해 걸어오고 있는 것을 발견했기 때문이다.

그것도 불과 삼 장여의 짧은 거리였다. 그녀가 너무 생각에 골몰해 있느라 그의 기척을 알아차리지 못했던 모양이다.

가려는 등을 벽에 기대고 두 손으로 뺨을 감싼 자세 그대로 눈을 동그랗게 뜨고 혁련천풍을 바라보았다.

그 모습은 마치 '그저 처분만 바랍니다' 라는 것 같았다.

혁련천풍은 그녀를 힐끗 한 번 쳐다보고는 그냥 지나쳐서 걸어갔다.

가려는 움찔하고 나서 그의 등에 대고 뾰족하게 외쳤다.

"왜 남의 뒤를 졸졸 따라다니면서 말을 엿듣는 건가요?"

혁련천풍은 뒤도 돌아보지 않고 나직이 대꾸했다.

"나는 지금 보주에게 가는 길이오."

그러고 보니까 이 길은 호리가 묵고 있는 전각으로 가는 길목이었다.

가려는 주춤주춤 혁련천풍을 몇 걸음 따라가다가 용기를 내어 물었다.

"방금 내가 한 말… 그에게 할 거예요?"

해놓고 보니까 부끄럽기도 하고 어이없는 물음이기도 했다.

"나는 잘 모르는 말이오."

혁련천풍이 휘적휘적 걸어가며 말하자 가려는 희색이 만면해서 두 손을 가슴에 댔다.

"그… 그렇죠?"

뚝!

혁련천풍이 갑자기 걸음을 멈추고 뒤돌아보면서 고개를

갸웃거리며 물었다.
"그런데 말이오, 총호법께서 사랑하는 것 같다는 '그'가 대체 누구요?"
"……"
가려의 얼굴에 멍한 표정이 가득 떠올랐다.
혁련천풍은 다시 가던 길을 걸어가면서 중얼거렸다.
"여하튼 그가 누군지는 모르지만, 총호법의 사랑을 받다니 정말 행복한 사내겠구려. 하아… 도대체 '그'가 누굴까? 알쏭달쏭하군. 음!"
그제야 가려는 혁련천풍이 자신을 놀리고 있다는 사실을 깨달았다.
그녀는 주먹을 움켜쥐고 바람처럼 혁련천풍을 뒤쫓으면서 날카롭게 외쳤다.
"너 거기 안 서?"
혁련천풍은 죽어라고 도망치면서 외쳤다.
"서면 '그'가 누군지 말해주시겠소?"
고요한 아침녘의 건춘장을 한 여자의 뾰족한 외침이 뒤흔들었다.
"야! 혁련천풍!"

호리 일행은 봉래현으로 향했다.
지금 당장은 어떻게 해볼 방법이 없기 때문이었다.

마랑군이 있는 마황부 본진은 삼마군의 하나인 마성군하고는 근본적으로 다르다.

 호리와 가려, 혁련천풍, 비선, 삼봉, 십봉 여섯 명만으로 잠입하는 것은 짚단을 등에 지고 불 속으로 뛰어드는 것이나 다름이 없는 일이다.

 조연지를 찾는 일이 중요하기는 하지만, 그러자고 여섯 명의 목숨을 버릴 수는 없다.

 만에 하나 조연지를 찾아내서 구했다고 쳐도, 호리를 비롯한 여섯 명이 죽어버리면 무슨 소용이 있겠는가.

 호리는 계란으로 바위를 치는 이란격석의 행동을 고집할 정도로 어리석지는 않다.

 제남성을 떠난 여섯 사람은 나흘 만에 산동성 바닷가 마을인 봉래현에 도착했다.

 봉래현 외곽에 투명하리만치 맑은 계류가 흐르는 곳 야트막한 언덕 위에 한 채의 초옥이 위치해 있었다.

 너무도 낡아서 바람만 약간 세게 불어도 금방 허물어질 듯한 초옥이었다.

 지붕을 덮은 볏단은 다 삭아서 여기저기 구멍이 숭숭 뚫려 더 이상 지붕으로써의 역할을 하지 못했고, 벽 역시 무너지고 구멍이 뚫리기는 마찬가지였다.

 초옥 앞에 한 무리의 사람들이 모여 서 있었다.

집을 떠난 지 사 년 만에 돌아온 호리와 일행들이었다.

호리는 실로 감개무량한 표정으로 사립문 앞에 서서 초옥을 묵묵히 바라보기만 할 뿐, 선뜻 집 안으로 들어가지 못하고 있었다.

나무를 해오거나 바다에서 낚시질을 하여 물고기라도 잡아서 집으로 돌아오면, 언제나 해맑게 웃으며 반겨주었던 조연지는 더 이상 이곳에 없다.

돈을 버는 방법은 모르지만 한없이 자상하고 정의로운 아버지의 묵직한 헛기침 소리도 다시는 들을 수가 없다.

찢어지게 가난했으되 천하에서 자신들이 제일 행복하다고 믿으며 오순도순 살았던 한 가족이었다.

호리 뒤에 서 있는 가려와 혁련천풍 남매, 은초, 철웅, 비선과 삼봉, 십봉, 중천보의 세 당주 등은 숙연한 표정으로 침묵을 지키고 있었다.

그들 중에서도 특히 은초와 철웅의 감회가 남달랐다.

두 사람은 항주성에서 호리와 함께 삼 년 동안 생활하면서 그가 어떤 방법으로, 그리고 얼마나 처절하게 돈을 모았는지 너무도 잘 알고 있었다.

돈을 모아 사부의 평생소원인 무도관을 차려 드리고, 그곳에서 사매와 함께 평범하게 살고 싶다는 것이 호리의 꿈이었다는 사실을 나중에 알게 된 은초와 철웅은 큰 감동을 받기도 했었다.

바로 이곳이 호리에게 말로만 들었던, 그리고 그가 십 년 동안 사부, 사매와 함께 산 고향집이나 다름이 없는 곳이기에 은초와 철웅은 감회가 남다를 수밖에 없었다.

 혁련천풍 남매나 가려 등은 이처럼 낡고 초라한 집은 난생 처음 보았다.

 하지만 호리가 이곳에서 십여 년을 살면서 집의 곳곳에 온갖 추억과 애환이 서려 있을 것이라는 생각을 하자 초라하다는 생각은커녕 외려 경건한 마음까지 들었다.

 그때 한참이나 장승처럼 서 있던 호리가 갑자기 그 자리에 무릎을 꿇더니 초옥을 향해 큰절을 올렸다.

 그는 땅에 이마를 붙인 채 속으로 조용히 중얼거렸다.

 '아버님, 어머님, 소자 이제야 돌아왔습니다.'

 그의 뒤에 서 있는 사람들은 마음으로 모두 무릎을 꿇고 절을 올리고 있었다.

 이윽고 호리가 일어서서 사립문을 열고 마당으로 들어서더니 일각여에 걸쳐서 집 안팎을 이리저리 살핀 후에 다시 일행들 쪽으로 돌아왔다.

 그가 초옥을 등지고 서자 모두들 뒤돌아서 언덕 아래를 바라보았다.

 일행들 아래로 손에 잡힐 듯이 봉래현이 보였고, 그 너머에는 포구가, 오른쪽으로는 동해바다가 끝없이 펼쳐져 있었다.

 실로 눈이 부실 정도로 아름다운 풍경이었다. 일행은 산하를 굽어보면서 가슴이 탁 트이는 것을 느꼈다.

그때 은초가 초옥 뒤쪽의 제법 험준하고 높은 산과 아래쪽의 바다와 봉래현을 두루 둘러보고 나서 호리 곁으로 다가오더니 흡족한 표정으로 입을 열었다.

"보주, 이곳은 배산임수(背山臨水)의 지형이니 명당 중에 명당이오. 이곳에 본 보를 짓는 것이 어떻겠소?"

어디에서 주워들었는지 제법 문자깨나 읊어댔다.

호리는 가볍게 고개를 가로저었다.

"호의는 고맙지만 방파를 세울 만한 지형은 아니다."

학식이 높은 혁련천풍이나 가려 역시 호리와 같은 생각을 하고 있었다.

사실 은초는 호리에게 고향집이나 같은 이곳에 중천보를 지어서 그를 위로하려는 마음이 더 컸다.

호리는 바다에서 시선을 거두어 은초를 쳐다보았다.

"봉래현에 일찌감치 도착해서 여기저기 둘러보았을 테니 마음에 드는 곳이 있던가?"

은초는 가볍게 미간을 좁혔다.

"음! 몇 군데 눈에 들어오는 곳이 있기는 했는데, 최상은 아닌 것 같았소."

혁련친풍의 옆에 서 있는 혁련상예는 아까부터 호리 얼굴에서 시선을 떼지 못하고 있었다.

눈을 깜빡이는 시간조차 아까운 듯, 그리고 다른 사람들은 모두 주위의 경치를 구경하는 데에도 그녀는 호리를 바라보느라 여념이 없었다.

그녀는 원래 제남성에서 호리 일행을 기다리기로 했었으나 아무리 기다려도 그가 오지 않자 근심이 깊어진 나머지 은초 등이 있는 이곳 봉래현으로 와서 함께 기다리면서 그들의 위로를 받고야 조금 안심하고 있었다.

혁련천풍은 누이동생이 호리를 바라보는 것을 발견하고 씁쓸한 미소를 지었다.

은초가 입맛을 다시면서 말을 이었다.

"한군데 기막힌 명당 자리를 찾아내긴 했는데, 쩝! 이미 꿰차고 들어앉은 방파가 있었소."

호리는 짚이는 바가 있는 표정을 지었다.

"철기보를 말하는군."

은초는 가볍게 놀라는 표정을 지었다.

"그렇소. 철기보가 있는 곳은 현 내에서도 가까웠고, 문외한인 내가 보기에도 주변의 산세가 썩 좋았소. 게다가 오른쪽에는 동해바다를, 왼쪽에는 강을 끼고 있으니 사통팔달의 요지가 분명했소."

은초는 제 딴에도 철기보가 차지하고 있는 위치가 마음에 들었는지 한바탕 평가를 늘어놓더니 연신 아깝다는 표정을 지었다.

"에이! 좋으면 뭐 하겠소? 이미 다른 방파가 들어앉아 있는

데, 쩝!"

호리는 굳은 얼굴로 바다 쪽 먼 곳을 응시하며 나직한 어조로 입을 열었다.

"연지를 혁련무성에게 넘긴 놈들이 철기보인데, 어떻게 하면 좋겠나?"

순간 중인의 표정이 홱 급변했다.

그리고는 혁련천풍이 제일 먼저 쩌렁한 목소리로 우렁차게 외쳤다.

"모조리 쳐 죽여 버리고 그 자리에 중천보를 세웁시다!"

과격하면서도 간단명료한 그 말에 모두들 공감하여 입을 모아 철기보를 무찌르자고 외쳤다.

호리는 눈을 번뜩이며 고개를 끄덕였다.

"가자."

第七十二章
중천보 개파(開派)

一擲賭者
乾坤

무황성의 막강한 영향력 때문에 철기보가 굽실거릴 수밖에 없는 처지였다고는 하지만, 어쨌든 혁련무성이 봉래현 거리에서 조연지를 납치하는 과정에서 철기보가 협조를 한 것만은 분명한 사실이었다.

철기보는 봉래현을 중심으로 삼백여 리 이내에 있는 열다섯 개의 방, 문파와 무도관들 중에서 가장 큰 세력과 영향력을 행사하고 있다.

겉으로는 정파를 표방하고 있지만 실제로는 사파에 가까운 방파가 철기보다.

이십여 년 전부터 봉래현 내의 모든 점포들에게서 한 달에 한차례 큰 액수의 보호비를 강제로 징수하여 현민들의 원성이 자자하고, 현의 굵직한 기루와 주루, 전장, 표국은 아예 철기보가 직접 운영하고 있는 실정이었다.

그것들 역시 원래의 주인에게서 강제로 탈취하다시피 한 것이었다.

더구나 철기보는 십여 척의 빠른 배를 보유하고 있는데, 그것으로 바다에서 해적질을 행하고 있었다. 쉬쉬하고 있지만 그 사실을 모르는 사람은 별로 없었다.

휘잉!
앞장선 혁련천풍이 오른손 일장을 발출했다.
콰앙!
강력한 일장은 거대한 철기보 전문 복판에 적중되어 전문을 산산조각 내어 날려 버렸다.

호리를 선두로 오른쪽에는 가려와 그녀의 수하들이, 왼쪽에는 은초와 철웅, 혁련천풍 남매와 세 당주가 보무당당하게 안으로 걸어 들어갔다.

호리 일행이 광장을 가로질러 전면의 전각을 향해서 가고 있을 때 수십 명의 철기보 무사들이 사방에서 우르르 몰려나와 그들을 포위했다.

호리 일행은 그 자리에 멈춰 서서 움직이지 않았다.

잠깐 사이에 호리 일행을 포위한 철기보 무사들의 수는 백여 명에 이르렀다.

"웬 놈들이냐?"

철기보 무사들 중에 한 명이 호리 일행을 쏘아보며 우렁차게 외쳤다.

호리는 그자가 철기보 홍기당주라는 것을 어렵지 않게 알아보았다.

호리는 십여 년 동안 봉래현에서 사는 동안에 철기보 인물들을 수없이 봐왔기 때문에 누가 누군지 한 번만 보면 알 수 있었다.

호리는 여유있게 천천히 주위를 둘러보다가 한 사람에게서 시선을 멈추었다.

그의 기억이 틀리지 않는다면 지금 쳐다보고 있는 자는 철기보 흑기당주가 분명했다.

항주성 한림방의 현성은 호리의 심부름으로 봉래현 아버지에게 매달 은자 석 냥과 편지를 전해주고, 또 조연지의 편지를 받아오는 일을 삼 년 동안 해왔었다.

어느 날 현성은 조연지가 납치됐고, 아버지가 납치된 딸을 찾으러 무황성으로 떠났다는 청천벽력 같은 소식을 호리에게 전해주면서, 더불어서 자신이 봉래현에서 알아온 소식들을 자세히 설명해 주었었다.

그것에 의하면, 아버지의 생일상을 차려 드리기 위해서 현내로 나온 조연지를 제압하라는 명령에 제일 먼저 달려들었다가 그녀에게 얻어터진 자가 흑기당주라고 했었다.

호리는 흑기당주를 가리키며 짧게 중얼거렸다.

"저놈을 잡아와라."

휘익!

순간 기다렸다는 듯이 혁련천풍이 화살처럼 흑기당주를 향해 쏘아갔다.

혁련천풍이 코앞에 쇄도할 때까지 흑기당주는 방어는 물론이고 그 자리에서 한 발자국도 움직이지 못했다. 혁련천풍이 워낙 빨랐기 때문이었다.

흑기당주가 할 수 있었던 것은 단지 어? 하고 놀라는 표정을 짓는 것이 전부였다.

척!

휙!

혁련천풍은 흑기당주의 목을 움켜잡자마자 신형을 돌려 호리에게 쏘아가 그 앞에 흑기당주를 내던졌다.

쿵!

"윽!"

버둥거리는 흑기당주 옆에 우뚝 선 혁련천풍이 냉엄하게 명령했다.

"꿇어라."

흑기당주는 정신을 차리지 못하여 자신이 지금 어떤 상황에 처해 있는지를 미처 깨닫지 못했다.

"으으……."

그는 온몸이 깨지는 듯한 고통을 느끼면서 몸을 일으켜 서서 호리를 쳐다보았다.

툭!

"꿇으라 했거늘!"

그때 혁련천풍이 흑기당주의 무릎 뒤쪽을 가볍게 걷어찼다.

쿵!

"윽!"

그 바람에 흑기당주는 엎어지듯이 호리 앞에 강제로 무릎을 꿇었다.

"이놈들! 여기가 감히 어디라고 행패냐?"

"쳐라!"

그때 장내에 있던 철기보 두 명의 당주가 악을 쓰듯 고함을 질렀다.

눈으로 관을 봐야지만 눈물을 흘린다는 강호의 말은 과연 맞는 말이다. 철기보 무사들은 뜨거운 맛을 봐야지만 정신을 차릴 터이다.

차차창!

칠기보 무사들 백여 명은 일제히 무기를 뽑으면서 사방에서 호리 일행을 공격하기 시작했다.

호리를 중심으로 사면 네 방향에 혁련천풍 남매와 삼봉, 십봉이 우뚝 서서 철기보 무사들을 맞이했다.

호리와 가려 등 나머지 사람들은 우뚝 서서 남의 일인 듯 관망하고 있었다.

철기보 무사들을 상대하는 네 사람은 아예 무기도 뽑지 않았으며 초식을 펼칠 자세조차 취하지 않았다.

쏴아아!

철기보 무사들의 도검이 파공음을 일으키면서 가까이 쇄도하자 네 사람은 그제야 몸을 움직이기 시작했다.

슈슈슉!

일단 움직이기 시작하자 네 사람의 손과 발이 번개처럼 허공을 갈랐다.

퍼퍼퍼퍼퍽!

"큭!"

"캑!"

덮쳐들던 철기보 무사들은 전광석화처럼 빠른 네 사람의 주먹과 수도(手刀), 발길질에 급소를 적중당하여 짤막한 신음을 토하면서 와르르 튕겨져 날아갔다.

약 세 호흡 동안 장내에는 짧고 둔탁한 음향과 신음 소리만 한꺼번에 와르르 터져 나왔다.

어느 순간, 당주들이 명령을 하지도 않았는데 철기보 무사들은 일제히 썰물처럼 뒤로 물러났다.

그들의 얼굴에 떠오른 것은 극도의 놀라움이었다.

그들은 땅에 쓰러져 있는 동료들을 쳐다보았다. 쓰러져 있는 자들 중에서 움직이는 자는 한 명도 없었다.

주먹과 발길질에 단 한 대씩만 맞았을 뿐인데 모조리 즉사해 버린 것이다.

불과 세 호흡 만에 네 사람에게 죽은 철기보 무사의 수는 무려 사십여 명에 달했다. 한 사람이 열 명씩 죽인 셈이었다.

주춤주춤 물러난 철기보 무사들의 얼굴에 그제야 공포가 떠올랐다.

그들은 뜨거운 맛을 제대로 본 셈이고, 이제야 상대가 어떤 존재들인지 깨달았다.

홍기당주가 놀라움과 두려움이 범벅된 표정으로 호리 일행을 보며 떨리는 목소리로 입을 열었다.

"귀하들은 누구시오?"

그러나 아무도 대답하지 않았다.

그 대신 호리는 자신의 앞에 무릎을 꿇고 있는 흑기당주를 굽어보며 나직이 중얼거렸다.

"반년쯤 전에 무황성 이소성주 혁련무성이 왔을 때, 네가 제일 먼저 조연지에게 덤벼들었었지?"

흑기당주는 기억을 더듬는 듯 쉴 새 없이 눈알을 굴리다가 갈라진 목소리로 입을 열었다.

"그… 랬던 것 같습니다만……."

슛!

순간 호리가 무릎만을 이용하여 흑기당주를 향해 가볍게 발을 날렸다.

 칵!

호리의 발끝은 정확하게 흑기당주의 턱에 찍듯이 적중됐다.

순간 흑기당주의 몸이 둥실 허공으로 떠올라 삼 장이나 날아갔다가 땅에 떨어져 나뒹굴었다.

그는 눈을 까뒤집고 온몸을 바들바들 떨다가 곧 축 늘어져 숨이 끊어졌다.

그 광경을 지켜본 철기보 무사들은 아무도 입을 열지 못했다. 그들은 호리의 눈치를 살피면서 어떻게 할지를 몰라 전전긍긍할 뿐이었다.

그들이 볼 때 호리 일행이 자신들 육십여 명을 깡그리 몰살시키는 것은 손바닥을 뒤집는 것처럼 간단할 듯했다.

그러므로 다시 공격한다는 것은 언감생심 꿈조차 꾸지 못할 일이었다.

그때 호리가 홍기당주를 보며 나직하게 말했다.

"보주와 소보주를 불러와라."

그것은 명령이었다.

홍기당주가 한 명의 무사에게 뭐라고 지시하자 그는 전면에 보이는 전각을 향해 쏜살같이 달려갔다.

오래지 않아서 철기보주와 소보주가 철기보의 전 무사들

을 이끌고 장내에 당도했다.

그는 수하의 보고를 들었기 때문에 경거망동하지 않고 수하들을 자신의 뒤쪽에 서게 하였다.

이곳에 철기보 전체 무사 삼백여 명이 운집해 있었지만 호리 일행은 외눈 하나 까딱하지 않았다.

철기보주는 오십대 중반의 나이에 홍포를 입었으며, 체격이 당당하고 왼손에는 한 자루 도를 쥐고 있었다.

그의 옆에는 삼십대 초반에 턱이 뾰족하게 생긴 아들 소보주가 긴장한 얼굴로 서 있었다.

철기보주는 호리 일행을 한 사람씩 쳐다보다가 혁련천풍을 발견하고는 눈을 휘둥그렇게 뜨며 얼굴에 대경실색하는 표정이 가득 떠올랐다.

그는 혹시 자신이 잘못 본 것이 아닌지 확인하는 듯 눈을 껌뻑거리면서 혁련천풍을 자세히 쳐다보다가 결국 몸을 후르르 떨고 말았다.

그는 예전에 낙양성에 갔다가 우연한 기회에 무황성 대공자를 볼 기회가 있었다.

그때는 감히 혁련천풍 앞에 나서지도 못하고 먼발치에서 그를 본 것이 전부였었다.

"시… 실례오만… 무황성 대공자가 아니십니까?"

혁련천풍은 쓸쓸한 표정으로 중얼거렸다.

"이제는 아니다."

무황성이 마황부와 봉황궁에게 멸문을 당했기 때문에 이제는 대공자의 신분이 아니라는 것이다. 그리고 철기보주도 그 사실을 알고 있었다.

무황성이 멸문을 당했든 아니든 대공자 혁련천풍이 봉래현 같은 벽지에 있는 철기보에 나타났다는 사실은 실로 대경실색할 일이었다.

철기보주는 마른침을 꿀꺽 삼킨 후 극도로 조심스럽고 또 공손히 입을 열었다.

"대공자께서는 본 보에 볼일이 있으십니까?"

혁련천풍은 냉랭하게 대꾸했다.

"내가 모시는 분께서 너희에게 볼일이 있으시다."

'대공자가 모시는 분?'

철기보주는 아연실색하고 말았다. 무황성이 멸문했다고는 하지만 대공자 혁련천풍의 명성과 무공은 사라지지 않았을 터인데, 과연 당금 무림에서 그가 모실 만한 인물이 대체 누구라는 말인가?

그때 혁련천풍이 호리에게 공손히 말했다.

"말씀하시지요."

순간 철기보주와 소보주, 아니, 철기보의 모든 수하들이 경악하며 호리를 주시했다.

호리는 소보주를 응시하며 차가운 목소리로 말문을 열었다.

"너는 반년 전에 조항유의 딸 조연지를 무황성 이소성주인 혁련무성에게 넘겨주는 일을 주도했었느냐?"

소보주는 움찔 놀라는 표정을 짓더니 이끌리듯이 혁련천풍을 쳐다보았다. 혁련무성은 그의 친동생이기 때문이다.

그러나 혁련천풍은 냉엄하게 소보주를 꾸짖었다.

"죽고 싶으냐? 보주께서 하문하셨거늘!"

나직한 목소리였는데도 허공이 쩌렁쩌렁 울렸다. 철기보 무사들은 급히 귀를 틀어막았고, 멀리 떨어진 전각 지붕의 기왓장들이 들썩거렸다.

소보주는 질겁하여 다급히 대답했다.

"그, 그런 적이 있었습니다!"

그는 조심스럽게 말을 이었다.

"그런데… 그 일을 왜 물으십니까?"

호리는 조용히 중얼거렸다.

"내가 조연지의 오라비다."

"……"

소보주는 물론 철기보주의 안색이 확 급변했다. 그 순간 두 사람은 동시에 불길한 예감이 들었다. 그리고 그 예감은 그 즉시 적중했다.

"그 일로 인해서 조연지는 아직도 돌아오지 못하고 있으며, 딸을 찾으러 무황성에 가셨던 아버님께선 객지에서 비명횡사를 하셨다."

지그시 어금니를 악문 호리의 두 눈에서 시퍼런 살기가 번

갯불처럼 와르르 뿜어졌다.

"그 죄를 물어 오늘 철기보를 피로 씻겠다."

소보주는 얼굴이 새하얗게 질려서 부르르 몸을 떨더니 어떻게 하면 좋으냐는 표정으로 철기보주를 쳐다보았다.

철기보주의 표정이 짧은 시간에 여러 차례 복잡하게 변했다.

이윽고 그는 너무 억울하다는 표정을 지으면서 호리를 쳐다보며 항변했다.

"그 정도의 일 때문에 본 보의 삼백 명이 넘는 생명을 죽인다는 것은 지나친 처사가 아닙니까?"

호리가 오른발로 가볍게 땅을 구르며 나직이 으르렁거렸다.

쿵!

"그 정도의 일이라고 했느냐?"

우르르…….

호리의 오른발은 땅속으로 파고들지도 않았는데 지축이 은은하게 울려서 그 진동이 철기보주 등에게도 생생하게 느껴질 정도였다.

철기보주는 호리가 엄청난 고수라는 사실을 직감했다. 그리고 그는 자신이 방금 실언했음을 깨달았다.

스릉!

말을 마친 그는 왼손의 도를 뽑아 소보주에게 겨누었다.

"내 손으로 직접 이놈의 목을 벨 테니 그것으로 용서해 주시기 바랍니다."

"아버지……."

쉬익!

팍!

"끅!"

소보주가 애원 어린 표정으로 쳐다봤지만 철기보주의 도는 가차없이 그의 목을 잘라 버렸다.

퉁!

경악으로 물든 표정의 소보주의 머리통이 땅에 떨어지는 것을 보면서 철기보 수하들은 경악을 금치 못했다.

호리 일행은 철기보주가 아들을 제 손으로 직접 죽일 줄은 미처 예상하지 못했었다.

그러나 그의 행동은 실로 시기적절했다. 철기보주가 조연지의 납치를 앞장서서 주도한 아들을 제 손으로 죽임으로써 아무 잘못도 없는 나머지 삼백여 명의 목숨을 살리겠다는 단호한 의지를 내보인 것이었다.

피아를 막론하고 모든 사람들의 시선이 호리 한 사람에게 집중되었다.

이제 호리의 결단만 남은 것이다.

호리는 기껍게 눈살을 찌푸린 채 잠시 침묵을 지켰다.

그는 살인마가 아니다. 또한 죄가 있는 자와 없는 자를 구별하지 못할 정도로 비이성적인 사람도 아니다.

이윽고 그는 가볍게 고개를 끄덕였다.

"지금 당장 철기보를 비우고 떠난다면 너희를 살려주겠다."

철기보주의 얼굴에 또 다른 놀라움이 떠올랐다.

"왜 철기보를 비우고 떠나라는 것입니까?"

"살기를 바라지 않느냐?"

그 한마디면 충분했다. 철기보주는 입을 다문 채 잠시 생각에 잠기면서 표정이 여러 차례 변하더니 이윽고 착잡하게 입을 열었다.

"떠나겠습니다."

호리는 철기보의 전각이나 여타 시설물들을 부수고 새로 짓는 따위의 비효율적인 행동을 하지 않고 그대로 보존하여 사용하기로 했다.

중천보 개파를 총지휘하고 있는 우보주 은초는 중천보의 형편에 맞도록 전각이나 시설물들을 전면 개보수하는 한편, 기존의 철기보가 갖고 있던 삭막한 분위기를 없애기 위해서 두 개의 인공 호수와 몇 개의 정원, 중천보 뒤쪽에 야트막한 인공 가산 하나를 만들기로 했다.

특히 철기보에는 한군데도 없었던 실내의 연공실과 수련장을 식당과 접객당, 두 채의 별채를 제외한 열두 채의 모든 전각에 만들었다.

또한 좌보주 철웅의 제안으로 과거 철기보가 봉래현 사람들에게 강제로 뺏다시피 했던 가게와 점포들을 모두 원래의 주인들에게 돌려주었다.

그리고 중천보에서 필요한 하인이나 하녀, 숙수, 일꾼들 칠십여 명은 모두 봉래현에서 뽑아 조달하였다.

그리하여 중천보는 정식으로 개파를 하기도 전에 봉래현 모든 백성들에게 입에 침이 마르도록 칭송을 들었다.

인부들이 공사를 하는 동안에도 호리를 비롯한 중천보의 전 수하들은 무공 연마에 전력했다.

공사는 두 달이 걸렸는데, 그사이에 가려는 혼자서 호선을 만나러 갔다.

그녀는 자신이 없는 동안 비선과 삼봉, 십봉에게 호리의 호위를 철저히 하라고 신신당부했다.

호천각(護天閣).

'호천'은 하늘을 호위한다는 뜻이며, 중천보 총호법과 좌우호법이 기거하는 곳이다.

도합 오층의 전각 맨 위층은 총호법인 가려가 사용하고, 사층과 삼층은 좌우호법인 혁련천풍과 혁련상예가 각각 사용하고 있었다.

혁련천풍이 누이동생 혁련상예의 거처인 삼층에 내려온 것은 반 시진 전이었다.

그는 혁련상예와 마주 앉아서 한마디도 하지 않은 채 차만 마시면서 창밖을 내다볼 뿐이어서 혁련상예는 조금 이상한 생각이 들었다.

그녀가 보기에 혁련천풍은 무슨 할 말이 있어서 찾아온 것이 분명했기 때문이다.

"오라버님, 소녀에게 할 말이 있죠?"

결국 그녀는 그렇게 묻지 않을 수 없었다.

"아… 아니다. 할 말은 무슨……."

혁련천풍은 적이 당황하여 손을 내저었다.

혁련상예는 순순히 물러나지 않았다. 그녀는 자세를 고쳐 앉고는 똑바로 혁련천풍을 주시했다.

"소녀의 눈을 속이지는 못해요. 어서 해보세요."

"음!"

혁련천풍은 낮게 신음을 흘렸다. 사실 그는 혁련상예가 호리를 좋아하는 것 같아서 그것 때문에 찾아온 것인데 막상 그녀를 보니까 말문이 열리지가 않았다.

누이동생이라고 해도 다 큰 여자에게 사랑에 대해서 이래라저래라 하는 것 같았기 때문이다.

"흠! 상예야, 사랑이라는 것은 말이다……."

혁련천풍이 나직이 헛기침을 하면서 꺼낸 첫마디에 혁련상예는 깜짝 놀라는 표정을 지었다.

점잖기만 한 큰오라버니가 느닷없이 사랑 타령을 할 줄은 짐작조차 못했던 것이다.

혁련상예가 놀라는 표정을 짓자 혁련천풍은 기껏 용기를 냈던 것이 한순간에 사그라져 버리는 것 같았다.

그렇지만 이왕 어렵게 말을 꺼냈는데 이제 와서 물러날 수는 없었다.

"험! 험! 내 생각에는… 사랑이란 것이 사람의 힘으로는 어떻게 할 수가 없는 것 같더구나."

혁련상예는 자신이 과민반응을 보이면 혁련천풍이 더 말을 못할 것 같아서 애써 진지한 표정을 지어 보였다.

"네, 그런 것 같아요."

"그래. 누군가를 몹시 사랑하는 데에도 그 사람이 관심을 보이지 않으면 나의 일방적인 짝사랑이 되고 말지."

혁련상예는 오라비의 말에 무언가 짚이는 것이 있어서 속으로 크게 놀랐다.

'맙소사! 큰오라버님이 누군가를 사랑하고 있는 거야……!'

그녀는 혁련천풍이 다음 말을 꺼내지 못하고 고심하는 것을 보고 이제는 자신이 화제를 이끌어야겠다고 생각하여 조심스럽게 물었다.

"오라버님께서 연모하는 사람이 누군가요?"

"응?"

혁련천풍은 움찔 놀랐다.

"소녀가 맞혀볼까요? 총호법 가려 소저. 맞죠?"

"상예야, 그것은……."

"부인하지 마세요. 오라버님께서 가려 소저를 바라볼 때마다 꿈꾸는 듯한 눈빛이 되는 것을 소녀는 몇 차례나 발견했었어요. 그것은 누군가를 사랑하는 눈빛이 분명해요."

"이런……."

혁련천풍은 당혹스러운 표정을 지었다. 혁련상예에게 호리에게는 사랑하는 여자, 즉 호선이 있으며 가려 역시 그를 좋아하고 있기 때문에 혁련상예가 그를 사랑하는 것은 고행을 자초하는 일이라고 만류하러 왔거늘, 얘기가 엉뚱한 쪽으로 흘러가고 있는 것이다.

그렇지만 혁련상예의 말이 전혀 근거없는 것은 아니었다.

사실 혁련천풍은 오래전부터 마음속으로 가려를 연모해 오고 있었던 것이다.

그러나 얼마 전에 가려가 자신의 입으로 호리를 사랑하고 있는 것 같다고 독백하는 것을 우연히 들은 이후로는 그녀에게 향한 연모의 정을 접으려고 노력하는 중이었다.

그렇지만 사람의 마음이란, 더구나 이성을 연모하는 마음은 결코 쉽사리 다스려지지 않아서 요즘 혁련천풍은 밤잠을 못 이루고 뜬눈으로 샐 때가 허다했다.

"나는 상예, 너를 말하려는 것이다."

혁련천풍이 정색을 하자 혁련상예는 의아한 표정을 지었다.

"소녀의 무엇을요?"

"너, 사실대로 말해라. 보주를 연모하고 있지?"

"……."

혁련천풍의 단도직입적인 말에 혁련상예는 심장에 비수를 깊숙이 찔린 것 같은 표정을 지었다.

그녀는 너무 놀라서 커다란 두 눈을 더욱 크게 떴고, 촉촉하게 젖어 있는 입술까지 반쯤 벌어졌다.

혁련천풍은 내친김에 끝장을 봐야 한다고 생각했다. 이런 말은 나중으로 미룰 성질이 아니고, 두 번 세 번 거듭해서 할 수 있는 것도 아니다.

"보주는 사랑하는 여자가 따로 있단다."

혁련상예의 표정이 놀라움에서 차분함으로 놀랍도록 빠르게 바뀌었다.

사랑을 하게 된 여자는 그것에 대해서만큼은 초인적인 용기가 생기는 법이다.

"소녀도 알고 있어요."

"알고 있다고?"

혁련상예는 갈수록 더 차분해졌다.

"네. 오라버님께서 연모하는 총호법도 보주를 좋아하고 있다는 사실까지 알고 있어요."

이번에는 혁련천풍이 비수에 찔린 듯한 표정을 지었다. 그러나 그는 오히려 고삐를 더 잡아당겼다.

"그런 것을 알면서도 보주를 연모한다는 말이니?"

그의 물음은, 자신이 가려를 연모하고 있다는 사실을 은연중에 시인한 것이기도 했다.

"네."

"너한테 기회가 없다는 사실을 알면서도?"

"네."

혁련천풍은 어이가 없는 표정을 지었다가 가볍게 눈살을 찌푸렸다.

"너는 바보로구나."

"바보는 오라버님이에요. 오라버님께선 가려 소저가 보주를 연모한다는 사실을 알고서 그녀가 금세 포기되던가요?"

"……."

혁련천풍은 가볍게 움찔했다. 그리고는 그는 스스로에게 자문해 보았다.

그 사실을 알고 난 후에 가려가 잊혀지더냐고, 그러나 대답은 '아니다' 였다.

아니, 잊혀지기는커녕 오히려 더더욱 연모의 정이 사무쳐서 미칠 지경이었다.

혁련상예는 다소곳이 앉아 창밖을 바라보며 마치 시를 읊듯이 영롱하고 낮은 목소리로 입을 열었다.

"보주께서 소녀를 사랑해 주시는 것을 바라지는 않아요. 그것은 너무 큰 욕심이에요. 소녀는 그저 그분 곁에 머물 수 있는 것만으로도 행복해요. 언제든 마음만 먹으면 그분을 바라볼 수 있고, 어쩌다가 그분이 소녀를 바라보면서 온화한 미소라도 지어주시면… 아! 소녀는 표현할 수 없을 만큼 행복에 젖어요."

혁련천풍은 가슴이 답답해지는 것을 느꼈다. 혁련상예가 너무도 가엾다는 생각이 들었기 때문이다.

그러나 사실은 혁련천풍 자신도 가려에 대해서 그런 심정이라서 어쩌면 남매가 이토록 똑같은가, 라는 생각에 비참한 생각마저 들었다.

혁련상예가 슬픈 눈망울로 혁련천풍을 바라보았다.

"소녀를 나무라지 마세요. 그분을 사랑하는 것조차 제 마음대로 하지 못한다면, 지금의 소녀가 과연 무엇인들 제대로 할 수 있겠어요?"

혁련천풍은 혁련상예의 고혹적인 입술 사이로 흘러나오는 말에서 비감함이 뚝뚝 떨어지는 것을 여실히 느꼈다.

그리고 그녀의 커다란 두 눈에 눈물이 가득 고인 것을 발견하고 가슴이 미어지는 슬픔을 맛보았다.

무황성이 멸문하고, 졸지에 부모를 잃어 남에게 몸을 의탁한 신세인 누이동생이다.

그런데 만약 누군가를 연모하는, 그래서 행복을 느낄 수마저 없는 처지라면 얼마나 불행하겠는가.

혁련천풍은 자신의 생각이 짧았음을 자책했다. 가엾은 누이동생이 어떤 방법으로라도 삶의 희망을 이어갈 수 있다면, 그것으로 족하지 않겠는가.

혁련천풍은 말없이 일어나 혁련상예를 혼자 남겨두고 방을 나섰다.

"으흐흐흑!"

그가 방문을 닫았을 때 방 안에서 혁련상예가 오열하는 소리가 흘러나왔다.

그는 방문을 등진 채 그 자리에 석상처럼 굳어버렸다.

저 가엾은 것이 여태까지 용케도 잘 버티고 있다가 못난 오라비의 쓸데없는 참견 때문에 기어코 울음보가 터지고 말았구나, 라는 생각이 들자 혁련천풍은 자신이 그토록 증오스러울 수가 없었다.

혁련상예의 흐느낌이 비수가 되어 그의 온몸을 난도질해대자 그의 목젖이 오르내렸다.

눈가가 뜨뜻해지는 것을 느끼면서 그는 어금니를 힘껏 악물고 두 주먹을 움켜쥐었다.

혁련상예의 울음소리는 쉽게 그치지 않았다. 오히려 시간이 지날수록 더 커졌고 격해졌다.

오랫동안 참고 참았던 슬픔이 마치 둑이 터지듯 쏟아지고 있는 것이리라.

누이동생은 방 안에서 흐느껴 울고, 오라비는 방 밖에서 피눈물을 흘렸다.

第七十三章
화룡신장(火龍神掌)

一擲賭乾坤

중천각(中天閣)은 중천보주인 호리의 집무실이며 오층으로 이루어졌다.

그곳 오층은 전체가 연공실 겸 수련장이었다.

지금 연공실 한복판에 있는 하나의 둥근 석대에 호리가 가부좌의 자세로 앉아 있었다.

그는 운공조식을 하고 있는 것이 아니라 한 가지 무공을 연마하는 중이었다.

그것은 호선이 몇 권의 책자로 남겨준 것들 중에서 아직까지도 이루지 못하고 있는 무공이었다.

바로 천외삼절공 중에 하나인 제룡천력이었다.

그렇지만 호리는 본래 이름을 알지 못하고 자신이 붙인 이름인 제룡신위로 부르고 있었다.

그는 그동안 틈나는 대로 제룡신위의 난해한 구결을 해석하는 것에 매달린 덕분에 지금은 구결의 구 할 이상을 이해하고 있는 수준이다.

처음에는 제룡신위의 구결이 온통 일원과 음양, 오행의 역학적 오묘한 원리와 이치로만 도배가 되어 있어서 '이것이 과연 무공인가?'라는 의문을 품기도 했었다.

그러나 어렵사리 구결이 하나씩 풀려갈수록 그런 의문이 차츰 사라지고, 지금은 제룡신위가 무공이 틀림없다고 확신하고 있었다.

뿐만 아니라 만약 구결대로 제룡신위를 전개할 수만 있다면 엄청난 위력이 발휘될 것이라고 미루어 짐작했다.

그렇지만 그는 얼마 전까지만 해도 구결대로 공력을 체내에서 운용할 줄은 알지만, 그것을 무공으로 화해서 전개할 수 있는 단계까지는 이르지 못했었다.

그랬었는데 지난 두 달 동안 거의 잠도 자지 않고 식사도 하루에 한 끼만 먹어가면서 제룡신위에 매달린 덕분에 가까스로 전개를 할 수 있게 되었다.

하지만 아직 일성(一成)에도 채 미치지 않는 극히 미미한 수준이었다.

그래도 그는 실망하지 않았다. 아니, 오히려 제룡신위를 마침내 전개하게 되었다는 사실 때문에 기분이 무척 고무되어 있는 상태였다.

제룡신위는 일원이 제룡(帝龍)이고, 음양이 쌍룡(雙龍), 오행이 오룡(五龍)이 되는 이치이다.

호리는 아직 쌍룡이나 제룡은 언감생심 전개할 꿈도 꾸지 못하고, 단지 오룡 중에서 화룡(火龍) 하나만 손톱만큼의 진전을 보았을 따름이었다.

지금 그는 화룡, 즉 자신이 화룡신장(火龍神掌)이라고 이름 붙인 것의 구결에 따라서 체내에서 공력을 운용하고 있는 중이었다.

그저께와 어제 한차례씩 그는 두 번 화룡신장을 성공적으로 발출한 적이 있었다.

그가 앉아 있는 석대에서 전면 사 장여 거리에는 화강암으로 만든 석벽이 세워져 있는데, 그곳에는 두 개의 손바닥 자국이 검측측하게 찍혀 있었다.

회백색의 단단하기 짝이 없는 석벽에 찍힌 손바닥 자국, 즉 장인(掌印)은 그다지 선명하지 않았으며 고작 반 치 정도 깊이로 새겨졌다.

다만 한 가지 특징이 있다면 장인이 찍혀 있는 부위가 불에 탄 듯 시커멓게 그을렸다는 사실이었다.

호리가 수백 차례 시도한 끝에 이루어낸 결과로는 미미한 것이지만 그는 실망하지 않았다.

그때 화룡신장의 구결을 운용하고 있는 호리의 상체가 가볍게 전후좌우로 흔들렸다.

그러는가 싶더니 흔들림은 곧 멈추고 대신 얼굴이 은은하게 붉어지기 시작했다.

아니, 얼굴뿐만 아니라 옷 밖으로 드러난 목과 두 손도 붉어졌다.

또한 처음에는 은은한 붉은색이더니 이윽고 짙은 노을처럼 진홍색으로 변했다.

화르르―

순간 호리의 온몸에서 엷은 불꽃이 확 피어나면서 입고 있는 옷과 머리카락을 순식간에 태워 버렸다.

졸지에 알몸에 까까머리가 되어버렸지만 그는 그 사실을 전혀 모르고 있었다.

화아아―

그의 몸 전체가 하나의 불덩어리로 화해서 처음보다 조금 더 거센 불꽃을 온몸에서 뿜어내고 있었다.

그때 그가 번쩍 눈을 떴다.

이어서 두 팔을 앞으로 약간 뻗어 손바닥을 위로 향하게 하여 무언가를 움켜잡는 듯한 자세를 취했다.

후우우―

그러자 그의 온몸을 뒤덮고 있는 불꽃이 순식간에 두 손바닥으로 집중되었다.

시뻘건 불덩어리와 불꽃이 몸과 어깨, 팔을 따라서 빠른 속도로 그의 손바닥으로 향하는 광경은 괴이하면서도 아름답게 보였다.

휘르르르—

위로 향하여 움켜잡는 듯한 자세를 취하고 있는 두 손바닥 위에서 둥근 원형의 새빨간 불덩어리 두 개가 빠르게 회전하고 있었다.

그 두 개의 불덩어리는 방금 전까지만 해도 그의 온몸에서 불타오르던 화기(火氣)가 모여서 이룬 것이다. 즉, 그것을 화룡정(火龍精)이라고 한다.

그저께와 어제, 호리는 그저 손바닥 중앙에서 화기를 발출하여 석벽에 반 치 깊이의 장인을 찍었었다. 그것도 쌍장이 아닌 한쪽 손만을 사용했었다.

그런데 지금은 온몸에서 불꽃을 피우는가 싶더니 끝내 화룡정을 만들어 두 손에 모으는 데 성공한 것이다.

순간 그는 팔꿈치를 굽혀 두 손을 느릿하게 끌어당겼다가 재빨리 전면을 향해 밀어냈다.

후오오!

순간 그의 쌍장에서 두 개의 섬광이 번쩍! 하며 석벽을 향해 일직선을 그으며 뿜어졌다.

그것이 무엇인지 육안으로 식별할 수 없을 정도로 쾌속했다.

쩌쩡!

섬광이 번쩍이는 순간 이미 석벽에서 한겨울 밤에 호수의 얼음이 꽁꽁 얼어붙는 듯한 음향이 터졌다.

우르르…….

그와 함께 연공실 전체가 묵직하고도 은은하게 진동을 일으키며 요동쳤다.

천장에서 돌가루와 흙먼지가 뽀얗게 쏟아졌고, 진동은 한참이나 계속됐다.

척!

호리는 긴장된 표정으로 석대에서 내려와 미끄러지듯이 석벽으로 다가가서 방금 쌍장의 흔적을 확인해 보았다.

그런데 놀랍게도 석벽에는 같은 높이에 수평으로 나란히 두 개의 손바닥 자국이 뚜렷하게 찍혀 있었다.

깊이는 무려 세 치 정도였다.

그저께와 어제 전개했던 반 치 깊이의 화룡신장보다 여섯 배나 더 깊은 장인을 새긴 것이다.

더구나 손바닥 자국이 너무도 뚜렷했다. 그것은 마치 물에 젖은 진흙덩이에 손바닥 자국을 새긴 것 같았다.

또한 장인이 찍힌 부위는 먹물을 찍어 바른 것처럼 새카맸으며 장인을 중심으로 검은색이 점차 엷어졌다.

호리는 손가락으로 석벽에 새겨진 장인을 슬쩍 건드려 보았다.

우수수.

그러자 장인 부위가 재처럼 가루가 되어 흘러내렸다. 화룡신장이 단단한 화강암을 태워 버린 것이었다.

호리의 입가에 흐릿한 만족의 미소가 피어올랐다.

"화룡신장 이성(二成)의 위력이 이 정도라니… 예상했던 것보다 훨씬 강력하구나."

그저께와 어제 발출했던 화룡신장은 채 일성도 못 되는 수준이었는데 오늘은 이성의 성취를 이룬 것이다.

사실 현재 그의 공력으로는 사성 정도의 화룡신장을 발출할 수 있다.

하지만 한 가지 문제가 있다. 그의 이 갑자를 약간 상회하는 공력으로 체내에서 화룡신장의 구결을 제대로 운용할 수는 있는데, 그것을 몸 밖으로 발출하는 것에서 애를 먹고 있는 것이다.

만약 사성의 화룡신장을 발출할 수만 있다면, 그 위력은 상상을 초월하게 될 터이다.

호리는 과연 어떻게 하면 사성의 화룡신장을 모두 발출할 수 있을 것인가를 고심하면서 팔짱을 낀 채 석벽을 주시하고 있었다.

스르릉!

휘익! 휙!

그때 연공실의 석문이 열리면서 네 명의 여자들이 앞 다투어 안으로 쏟아 들어왔다.

그녀들은 혁련상예와 비선, 삼봉, 십봉이었다.

비선과 삼봉, 십봉은 연공실 밖에서 상시 대기하며 호리를 호위하고 있었기 때문에 조금 전의 은은한 진동에 놀라 달려 들어 온 것이고, 혁련상예는 때마침 호리를 보러 왔다가 쏟아 들어온 것이다.

그러나 정작 호리는 어떻게 하면 사성의 화룡신장을 발출할 수 있을까를 고심하느라 석벽의 장인에 시선을 고정시킨 채 그녀들이 들어온 사실을 까맣게 모르고 있었다.

"앗!"

"어머?"

네 여자는 호리의 모습을 발견하고 소스라치게 놀라 급히 손으로 얼굴을 가리며 외면을 했다.

그도 그럴 것이 호리는 입고 있는 옷이 다 타버려서 실오라기 하나 걸치지 않은 알몸이었다.

뿐인가? 머리카락도 홀랑 타버려서 까까머리에다가, 화상을 입어서 온몸이 벌겋게 익은 괴상한 몰골인 것이다.

호리는 갑자기 들려온 여자들의 비명 소리에 그제야 그녀들을 발견하고 돌아섰다.

"음, 무슨 일이지?"

그런데 그가 돌아서면서 말하는 바람에 네 여자는 무심결에 쳐다보다가 적나라하게 드러난 그의 앞모습을 발견하고는 또다시 뾰족한 비명을 질렀다.

"어멋? 망측해욧!"

"난 몰라!"

호리는 그녀들이 자신의 사타구니 부위를 보고 혼비백산하는 것을 보고는 어리둥절한 얼굴로 고개를 숙여 아래를 쳐다보았다.

"어?"

그는 자신의 음경이 고스란히 노출되어 있는 것을 발견하고 어이없는 표정이 돼버렸다.

벌겋게 익은 그의 전체 모습도 이상한 몰골이었지만 사타구니 부위는 더 가관이었다.

아까의 열기 때문에 털이 다 타버린 곳에, 화룡정을 가득 머금고 있는 음경이 단단하게 성이 나서 저 혼자 꺼떡거리고 있는 것이 아닌가.

"이런……"

호리는 얼굴이 확 달아올라 두 손으로 급히 음경을 가리다가 몸이 크게 휘청거리더니 그대로 앞으로 고꾸라졌다.

쿵!

체내에서 생성시킨 화룡정을 제대로 된 경로를 통해서 손바닥으로 보내야 하는데, 그릇된 방법으로 실행했기 때문에 온몸과 내장이 화룡정의 열기에 크게 손상을 입은 것이었다. 둔중한 음향에 네 여자는 조심스럽게 돌아보다가 호리가 돌바닥에 엎어져 있는 것을 발견하고 크게 놀라 그에게 우르르 달려들었다.

"보주!"

"아앗! 무슨 일이에요, 보주?"

그러나 호리는 엎어진 채 꼼짝도 하지 않았다.

그가 엎어진 자세라서 볼썽사나운 음경이 가려졌다고는 하지만 그래도 건장한 사내가 엉덩이를 다 깐 자세로 엎드려 있는 모습은 그다지 아름다운 광경은 아니었다.

비선과 삼봉, 십봉은 알몸의 호리를 만지지 못해서 전전긍긍 당황을 했고, 숫기 없는 혁련상예는 아예 호리를 쳐다보지도 못했다.

"보주께서 화상을 입으셨어요. 속히 치료를 해드려야겠어요."

삼봉이 비선을 보면서 초조하게 말했다.

비선도 한눈에 그런 줄을 간파했지만 어떻게 해야 할지를 몰라서 적잖이 당황하고 있었다.

호리가 화상을 입었다는 말에 혁련상예는 깜짝 놀라서 조심스럽게 그를 보았다.

그런데 그녀가 보기에 호리는 그냥 화상 정도가 아니라 매우 심한 상태였다. 당황해서 어영부영하다가는 무슨 일을 치를 것만 같았다.

"비선 언니가 보주를 안고 거처로 옮기도록 하세요. 제가 치료하겠어요."

어디에서 그런 용기가 생겼는지 혁련상예는 자신이 나서 진두지휘를 했다.

그녀는 가려와도 친하지만 비선과 삼봉, 십봉하고도 두루 친했다.

자신보다 나이가 많은 비선과 삼봉에게는 서슴없이 언니라고 부르고, 동갑내기인 십봉하고는 친구처럼 지냈다.

혁련상예의 말에 비선은 즉시 호리를 두 팔로 안고 연공실 밖으로 달려나갔고, 세 여자가 호위하듯 우르르 좌우에서 에워싸고 따랐다.

그러면서도 네 여자는 될 수 있는 대로 호리의 하체를 보지 않으려고 애썼다.

화상을 입고 혼절한 상태에서도 호리의 음경이 마치 당당한 개선장군의 깃발처럼 혼자 기세등등하게 나부끼고 있었기 때문이다.

비선은 호리가 화상을 입었다는 사실을 아무에게도 알리지 않았다.

중천보가 개파도 하기 전에 수하들이 동요를 일으킬지도 모르기 때문이었다.

호리는 중천각 사층에 있는 임시 거처에서 혁련상예의 극진한 치료를 받고 있었다.

그리고 비선과 삼봉, 십봉은 삼엄하게 호위를 하는 한편 수시로 방 안을 드나들며 혁련상예의 치료에 필요한 것들을 가져다주었다.

"하아……."

치료를 끝낸 혁련상예는 긴 한숨을 토해내며 흘러내린 머리카락을 쓸어 넘겼다.

얼마나 치료에 열중했는지 얼굴에서 구슬 같은 땀방울이 흘러내렸다.

그렇지만 그녀는 조금도 힘든 줄을 몰랐다. 마음속으로 깊이 사랑하고 있는 사람을 치료하는 것이기 때문이다.

그녀는 의술에 약간의 조예가 있어서 호리의 화상을 치료하는 것은 그다지 어려운 일이 아니었다.

호리가 연공실에서 화상을 입고 혼절한 지 오늘로서 이틀째가 되었다.

그동안 혁련상예는 그의 곁을 잠시도 떠나지 않았고 일각도 잠을 자지 않았다.

그러면서 정확하게 두 시진마다 치료를 해주었다.

우선 차가운 물에 적신 수건으로 호리의 온몸을 여러 차례 부드럽게 닦아주면서 열기를 식힌다.

그다음에는 화상약을 온몸에 두텁게 발라준다.

하지만 그것은 몸의 외적인 화상을 치료하는 것이지 내상까지는 아니다.

마지막 단계로 혁련상예는 운공으로 공력을 끌어올려 두 손바닥을 활짝 펴서 호리의 온몸을 추궁과혈의 수법으로 부드럽게 주무르면서 체내의 열기를 빨아냈다.

 그렇게 빨아낸 열기 때문에 그녀의 두 팔이 벌겋게 달아올랐는데, 그것은 다시 체외로 방출시키면 간단했다.

 혁련상예는 지난 이틀 동안 그 과정을 이십여 차례나 반복해서 시행했다.

 아니, 한차례 치료에 세 번씩 온몸을 쓰다듬고 만져야 하므로 육십여 차례라고 해야 맞다.

 처음에는 호리의 알몸을 만지는 것이라 몹시 망설여지고 부끄러워서 어쩔 줄을 몰랐었다.

 그렇지만 그 일을 육십여 차례나 반복하다 보니까 이제는 만성이 되어 아무렇지도 않았다.

 아니, 사실 아무렇지 않은 것은 아니다. 사랑하는 사람의 온몸 구석구석을 하루에도 수십 차례나 쓰다듬고 주무르는데 아무렇지 않다면 거짓말일 것이다.

 호리의 몸을 보고 만지는 것에 대한 부끄러움이 없어졌을 뿐이지, 가슴이 설레고 두근거리는 것은 횟수를 거듭할수록 오히려 더 심했다.

 회상을 입은 사람에겐 옷을 입히지 않고, 이불도 덮어주지 않는다. 그러면 열기가 배출되기는커녕 오히려 열기가 침투하기 때문이다.

"후우……."

혁련상예는 다시 한차례 긴 한숨을 토해내고는 침상 위로 올라가서 호리의 두 다리를 넓게 벌리고 사타구니 앞에 생긴 공간에 가부좌의 자세를 틀고 앉았다.

이미 수십 차례 치료를 하는 과정에 시행착오를 거듭하고 나서 얻은 결론은 지금 이 위치가 추궁과혈을 하는 데에는 가장 적합했다.

혁련상예는 심후한 공력을 지니고 있지 않기 때문에 위치를 바꾸면 그때마다 기가 흐트러져서 운공을 새로 해야 하는 불편함이 있기 때문이다.

이미 육십여 차례나 반복한 일인데도 추궁과혈을 하기 위해서 호리의 사타구니 앞에 앉으니 가슴이 심하게 두방망이질을 쳐대는 것은 어쩔 수가 없었다.

그녀는 운공조식을 하여 공력을 극한으로 끌어올린 후 두 손을 뻗어 호리의 양어깨에 댔다.

이어서 화상약을 발라서 미끌거리는 그의 양어깨를 부드럽게 문지르듯 주무르면서 체내의 열기를 빨아내기 시작했다.

온 힘과 정성을 기울이기 때문에 사사로운 감정이 생길 틈이 없었다.

그녀는 호리의 사타구니 사이에 앉아서 상체를 굽힌 자세로 어깨를 주무르기 때문에 열기로 인해 잔뜩 성이 나 있는 그의 음경이 그녀의 배를 쿡쿡 찔러댔다.

그러다가 가슴 부위를 주무를 때면 이번에는 음경이 그녀의 젖가슴을 찌르거나 비벼대기 일쑤였다.

그것은 지금까지도 그녀가 극복하지 못한 몇 가지 중에 하나였다.

하지만 그것 때문에 흥분을 하는 어이없는 일은 없었다. 단지 민망하고 부끄러우면서도 마치 호리가 자신의 남자인 것 같은 착각을 느끼게 해주는 정도였다.

그리고 그런 감정은, 어쩔 수 없는 상황에서 그녀의 희고 보드라운 두 손으로 음경을 감싸 쥐고 문지르면서 열기를 빨아낼 때 최고조에 이르렀다.

호리의 음경은 주인이 혼절해 있는 것에 개의치 않고 혁련상예의 마찰에 정직하게 반응을 했다.

호리가 혼절한 지 사흘째 아침.

사흘 동안 호리 곁을 지켜온 혁련상예는 많이 수척한 모습이 되었다.

사흘 밤낮을 꼬박 새서 그런 것이기도 했지만, 호리를 걱정하는 마음이 더 깊었기 때문이다.

그날 아침에 혁련상예는 호리를 치료하다가 마지막 세 번째, 추궁과혈로 열기를 빨아내는 과정에서 한 가지 놀라는 사실을 발견했다.

그때까지도 여전히 혼절한 상태를 유지하고 있는 호리가 운공조식을 하기 시작한 것이다.

 운공조식이란 그 사람의 의지에 따라서 실행하게 되는 것인데, 정신을 잃은 사람의 몸이 스스로 운공조식을 하다니 실로 믿기 어려운 일이었다.

 그러나 더 놀라운 일은 그 직후에 일어났다. 호리의 몸이 스스로 운공조식을 하는가 싶더니, 잠시가 지나자 체내에 아직 남아 있는 열기를 배출하기 시작하는 것이 아닌가.

 비록 호리가 깨어 있을 때처럼 운공조식이 왕성하지 못하고, 또 배출해 내는 열기의 양이 미미한 수준이라고 해도 경악할 만한 일인 것만은 분명했다.

 놀라움 때문에 한동안 넋을 놓고 있던 혁련상예는 퍼뜩 정신을 차리고 즉시 추궁과혈을 시작했다.

 이런 상황에서 그녀가 추궁과혈을 하면 치료 효과가 배가 될 것이라고 판단한 것이다.

 사흘째 자정이 되어가고 있는 시각.

 호리의 치료 과정은 많은 진전을 보였다. 불과 사흘 만에 몸의 화상이 거의 다 나은 상태였다.

 흔히 화상을 입으면 상처 부위가 짓무르거나 보기 흉한 흉터를 남기는데 전신에 심한 화상을 입은 상태인 호리는 전혀 그렇지 않았다.

아직 남아 있는 미미한 열기 때문에 피부가 연한 분홍빛을 띠고 있지만 흉터는 조금도 남지 않았으며, 본래의 건강하고 단단한 근육질의 몸은 그대로였다.

체내의 열기도 많이 배출되었고 열기로 인해 입은 내상도 거의 완치 단계에 있었다.

그가 스스로 운공조식과 자가치료를 시작한 지 하루밖에 지나지 않았는데도 그 효과는 탁월했다.

아마도 체내와 체외에서 동시에 열기를 배출하고 뽑아내기 때문인 듯했다.

스슥… 슥슥…….

지금 혁련상예는 추궁과혈 수법으로 열기를 뽑아내고 있는 중이었다.

호리는 여전히 혼절 중이지만, 그의 몸은 왕성하게 운공조식을 하면서 열기를 배출시키는 것과 아울러 내상을 치료하고 있었다.

얼굴과 양어깨, 가슴을 끝내고 혁련상예의 두 손이 호리의 배로 내려왔다.

그의 배는 단단한 근육질로 이루어져서 임금 왕 자가 뚜렷하게 새겨져 있었다.

혁련상예의 두 손이 배에 이어서 아래로 미끄러져 내렸다.

허벅지 안쪽과 바깥쪽을 정성껏 문지르고 주물러서 빨아낸 열기를 일단 허공으로 털어내듯이 배출시켰다.

이어서 그녀의 시선이 호리의 몸 한가운데에 우뚝 솟아 있는 음경으로 향했다.

사흘 전에 처음 치료를 할 때에는 음경이 붉은색이었으며 만지면 깜짝 놀랄 정도로 뜨거웠었다. 그러나 지금은 체온보다 약간 따뜻한 정도였다.

그렇기는 하지만 음경의 단단한 강직도는 처음이나 지금이나 변함이 없었다.

열기 때문이기도 하지만, 부드럽고 섬세한 혁련상예의 두 손이 쉴 새 없이 호리의 온몸을 쓰다듬고 주무르기 때문에 혼절한 상태에서도 몸이 정직하게 반응하는 것이었다.

혁련상예는 한차례 마른침을 삼키고 천천히 두 손을 뻗어 음경을 가볍게 잡았다.

두근!

그러자 누군가 심장을 힘껏 쥐었다가 놓은 것처럼 가슴이 두근거렸다.

'치료야, 치료!'

그녀는 짐짓 눈을 부릅뜨고 스스로를 꾸짖으며 천천히 두 손을 움직이기 시작했다. 부드럽게 매만지고 위아래 상하로 훑듯이 오르내렸다.

두 손 안에서 음경이 여태까지보다 더 단단해지는 것을 느꼈지만 그녀는 어느새 치료에 몰두해 있었다.

남자의 신체 중에서 음경은 평소에도 양기가 가장 충만하게 집중되어 있는 부위다.

그러므로 열기가 그곳에 더 집중적으로 몰려 있는 것은 두말하면 잔소리다.

그렇기 때문에 다른 부위보다 치료에 더 정성을 쏟아야만 하는 것이다.

그때였다.

"상예, 너 지금 무엇을 하는 게냐?"

혁련상예가 잔뜩 상체를 굽히고 고개를 숙인 채 치료에 열중하고 있을 때 그녀의 머리 위쪽에서 느닷없이 귀에 익은 목소리가 들려왔다.

호리가 깨어난 것이다. 그는 정신을 차리는 것과 동시에 이상한 기분을 느껴서 고개를 들었다가 지금의 해괴한 광경을 목격하고 말았다.

혁련상예가 자신의 하체에 얼굴을 묻은 채 무엇인가를 하고 있는 광경이었다.

누워 있는 호리 쪽에서 보면 충분히 그렇게 오해할 수 있는 상황이었다.

"저… 저는… 아……."

혁련상예는 고개를 들고 호리를 바라보며 크게 당황하여 어쩔 줄을 몰랐다.

그러는 중에도 그녀의 두 손은 무의식적으로 호리의 음경을 잡은 채 부드럽게 움직이고 있었다.

"너……."

호리는 기가 막혀서 차마 말을 잇지 못했다.

"아!"

혁련상예는 호리의 시선을 따라 아래를 쳐다보다가 자신의 두 손이 그때까지도 그의 음경을 잡은 채 규칙적으로 움직이고 있는 것을 발견하고 화닥닥 놀라서 뒤로 엉덩방아를 찧으며 물러났다.

이 순간의 호리는 자신이 알몸이라는 것과 혁련상예가 자신의 음경을 붙잡고 무엇인가에 열중하고 있었다는 사실밖에는 알지 못했다.

사흘 동안의 혼절에서 방금 깨어난 그가 대체 무엇을 알 수 있겠는가.

그때 혁련상예가 주춤주춤 침상 아래로 내려가더니 넘어질 듯 다급히 방 밖으로 도망치듯 달려나갔다.

"상예야!"

호리가 급히 침상에서 내려서며 불렀지만 그녀의 모습은 어느새 보이지 않았다.

그 대신 비선과 삼봉, 십봉이 놀란 얼굴로 우르르 실내로 달려들어 왔다.

갑자기 혁련상예가 달려나오는 것을 보고 호리에게 무슨 일이 생긴 것이라 여기고 놀라서 뛰어들어 온 것이다.

"보주!"

"아! 깨어나셨군요!"

비선과 삼봉, 십봉은 침상 아래에 우뚝 서 있는 호리를 발견하고 기쁨의 탄성을 터뜨리며 다가왔다.

그녀들은 지난 사흘 동안 호리의 알몸을 질리도록 실컷 봐왔었기 때문에 지금 그가 알몸으로 서 있다고 해도 그다지 개의치 않았다.

반면에 오히려 호리가 깜짝 놀라 두 손으로 중요한 부위를 가리면서 허둥거렸다.

"물러가! 어서!"

그러자 비선이 멀뚱한 표정으로 말했다.

"보주, 부끄러워하실 것 없습니다. 우린 보주의 알몸을 너무 많이 봐서 이젠 그저 그러려니 합니다."

실제로 삼봉, 십봉마저 재미있다는 듯 호리를 보면서 생글생글 웃고 있었다.

그녀들의 시선은 한 자루 잘 벼려진 무기처럼 전면을 향해 찌르듯이 뻗어 있는 호리의 음경에 고정되어 있었다.

"깔깔깔! 보주의 옷을 가져올게요."

무엇이 재미있는지 십봉이 까르르 웃으면서 방 밖으로 달려가며 외쳤다.

그 사이에 서글서글한 성격의 삼봉이 호리에게 더욱 바짝 다가들면서 그의 몸에 손을 뻗었다.

"어디 좀 봐요. 이젠 다 나으신 건가요?"

"어… 어딜!"

호리는 움찔하며 뒤로 물러서다가 종아리가 침상에 걸리는 바람에 뒤로 벌렁 자빠졌다.

"엇?"

그가 꼴사나운 모습으로 누워서 황당해하고 있는데, 오히려 비선, 삼봉은 그의 모습을 이리저리 진지하게 살펴보았다.

호리는 문득 자신이 어물전에 진열해 놓은 생선 같다는 생각이 들었다.

그 상황에서도 호리의 음경은 자기 일 아니라는 듯 용맹하게 꺼떡거리고 있었다.

"음! 정말 다 나으신 것 같군요."

비선이 고개를 끄덕이는 데에도 삼봉은 호리의 몸 구석구석을 살피는 일을 멈추지 않았다.

만약 그때 십봉이 옷을 가져오지 않았더라면 호리는 더 오랫동안 그녀들에게 놀림감이 되었을 것이다.

혁련상예는 제정신이 아닌 상태로 자신의 거처로 돌아오자마자 창가의 탁자 앞에 앉아 하염없이 창밖을 내다보면서 꼼짝도 하지 않았다.

우선 호리가 깨어난 것이 무엇보다도 기뻤다.

그다음은 자신이 그의 음경에 추궁과혈 수법을 전개하고 있을 때 호리가 깨어난 것이 영 마음에 걸렸다.

그가 한 말로 미루어볼 때 그 광경을 보고 오해하고 있는 것이 분명했다.
 혁련상예는 생각이 많은 여자다. 그래서 좀처럼 실수를 하지 않는 성격이다.
 그녀는 그때의 상황을 다시금 반추해 보았다. 아무리 생각해 봐도 호리가 충분히 오해할 만한 상황이었다.
 더구나 그녀는 상체를 굽히고 고개를 숙인 채 소위 '음경 만지기'에 열중하고 있었으니 오해를 하지 않으면 그것이 이상할 터이다.
 호리나 혁련상예나 이성에 대한 경험이 없기는 매한가지인 사람들이다.
 '어떻게 하지?'
 그녀는 호리를 살려내려는 일념뿐이었는데, 일이 이렇게 돼버려서 속상하기 짝이 없었다.
 그때 문득 이상한 느낌이 그녀의 가슴 밑바닥에서부터 아슴아슴 스미어 오르기 시작했다.
 자신이 사흘 동안 호리의 알몸을 구석구석 쓰다듬고 주물렀다는 사실이 이제야 실감이 나는 것이었다.
 그 당시에는 전혀 느끼지 못했었는데, 지금에야 그의 몸이 한 부위씩 너무도 생생하게 생각이 났다.
 특히 그의 태산처럼 크고 우뚝한 음경에 생각이 미치자 혁련상예는 헉! 하고 숨이 막혔다.

지난 사흘 동안 한 번도 떠오르지 않았던 이상한 상상이 지금에서야 파도처럼 엄습하고 있었다.

그때 그녀의 등 뒤에서 갑자기 조용한 목소리가 흘러나왔다.

"상예야."

"앗!"

깊은 상념, 아니, 호리의 알몸을 떠올리면서 요망한 상상 때문에 가슴을 두근거리고 있던 혁련상예는 소스라치게 놀라 얼굴이 창백하게 질려 버렸다.

"상예야, 놀랐느냐?"

그녀의 뒤쪽에서 호리가 불쑥 걸어나오며 미안한 듯한 표정을 지었다.

그는 제대로 문을 열고 들어왔지만 혁련상예가 깊은 생각에 잠겨 있어 몰랐던 것이다.

"오라버니… 아니, 보주……."

혁련상예는 두 손으로 지그시 가슴을 누른 채 식은땀을 흘리면서 일어서며 당황해서 더듬거렸다.

"무슨 생각을 하느라 사람이 들어오는 것도 모르느냐?"

"아… 소녀는 그냥… 이것저것 생각하느라……."

그녀는 나쁜 짓을 하다가 들킨 아이처럼 또다시 당황해서 어쩔 줄을 몰랐다.

호리는 자신의 앞에 고개를 푹 숙이고 서 있는 혁련상예를 잠시 물끄러미 바라보다가 입을 열었다.

"오해해서 미안하구나. 네가 나를 치료하던 중인 것도 모르고 널 놀라게 했다."

호리는 비선에게 모든 얘기를 다 들었던 것이다. 평소에는 무뚝뚝하기만 하던 비선이 혁련상예가 얼마나 지극정성으로 사흘 동안 호리를 치료했는지에 대해서 자세히, 그리고 감동적으로 설명해 주었다.

"보주……."

혁련상예는 움찔 가냘픈 몸을 떨고 나서 조심스럽게 고개를 들었다.

호리가 빙그레 온화한 미소를 짓고 있는 모습이 시야 가득 엄습해 들어오자 그녀는 갑자기 가슴이 뭉클하고 눈물이 핑 돌았다.

그리고 갑자기 그녀는 몸을 날려 아무 말도 없이 호리의 품으로 뛰어들었다.

와락!

뛰어들어 그의 가슴에 뺨을 묻고 두 손으로 그의 넓고 단단한 등을 힘주어 끌어안았다.

갑자기 왜 그에게 안긴 것인지, 그 당시에도, 그리고 오랜 세월이 지난 후에도 그녀는 그 이유를 알지 못했다.

그녀의 느닷없는 행동에 가볍게 놀라 어정쩡한 자세로 서 있던 호리는 싱긋 미소를 짓고는 두 팔로 가볍게 혁련상예를 안고 등을 토닥거려 주었다.

'내… 내가 지금 무슨 짓을…….'

혁련상예는 호리가 등을 토닥이는 바람에 정신이 번쩍 들어 현실을 깨달았다.

그러나 그녀는 호리의 품에서 벗어나지 않았다. 아니, 오히려 그의 등을 조금 더 힘주어 안으면서 가슴에 뺨을 비볐다.

'이것은 꿈이 아니야… 현실이야… 지금 내가 이분에게 안겨 있는 거야…….'

第七十四章
오룡신장(五龍神掌)

擲賭者 乾坤

중천보가 철기보 자리에 둥지를 튼 지 석 달이 거의 되어갈 무렵, 몇 가지 소문이 천하를 떠들썩하게 만들었다.

마황부와 봉황궁의 연합 세력이 검황루를 공격하여 기르던 개 한 마리조차 남기지 않고 모조리 죽였다는 것.

도주하는 검황루 고수들과 검황루 그늘 아래 있던 백여 개가 넘는 방, 문파의 고수들이 거의 전멸했다는 것.

마황부와 봉황궁이 합쳐져서 마봉천(魔鳳天)이라는 거대 세력을 이루었다는 것.

마봉천이 일 년의 기한을 정하여 그 시기 안에 천하무림의 방, 문파와 고수들 전부가 마봉천으로 찾아와서 스스로 복속(服屬)하라고 선포한 것.

마봉천에 복속하여 수하라고 인정하지 않은 사람은 절대 무기를 휴대해서도, 할 수도 없으며, 방, 문파를 개파, 유지할 수도, 무림의 어떠한 행사나 이권에도 관계하지 못한다는 것 등이었다.

한차례 거대한 태풍이 천하무림을 휩쓸었지만, 정작 더 큰 태풍은 그 뒤에 남아 있었다.

마봉천이 천하무림을 상대로 전쟁을 선포한 것이 바로 그것이었다.

*   *   *

호리가 화룡신장을 이성까지 이루었던 것이 한 달 보름 전의 일이었다.

그 한 달 보름, 즉 사십오 일 동안 그는 또다시 놀랄 만한 성취를 이루어냈다.

화룡신장을 사성까지 전개하는 데 성공한 것이다.

그가 지니고 있는 이 갑자를 약간 상회하는 공력으로 전개할 수 있는 최대치가 사성이다.

만약 그의 공력이 더 높았다면 오성, 육성의 화룡신장까지도 전개할 수 있었을 터이다.

그리고 그는 이제 화룡신장을 발출할 때 더 이상 화상을 입지 않게 되었다.

화룡신장의 구결에 따라 체내에서 공력을 운기하여 발출하는 과정을 완벽하게 습득한 것이다.

그의 성취는 화룡신장을 이성에서 사성으로 극대화시킨 것만이 아니었다.

제룡신위의 오룡 중에서 화룡은 화룡신장이고, 오행의 화(火)에 해당한다.

그런데 호리는 금(金)과 수(水)에 해당하는 금룡신장(金龍神掌)과 빙룡신장(氷龍神掌)까지도 사성까지 터득했다.

화룡신장을 완벽하게 성취하고 나니까 다른 것들을 연마하는 것이 훨씬 쉬웠다.

오행의 오룡, 즉 오룡신장(五龍神掌)들이 성질만 각각 다를 뿐이지 구결을 운용하는 방법은 똑같기 때문이다.

만약 시일이 더 있었으면 나머지 비룡과 강룡도 완벽하게 터득했을 것이다.

오룡신장을 모두 터득했다고 해도 제룡신위 전체로 봤을 때에는 채 일성의 경지에도 오르지 못한 것이다.

그렇다고 해봐야 오룡신장을 사성까지밖에 익히지 못한 것이기 때문이다.

십성으로 완성해야 제룡신위 전체적으로 봤을 때 이성의 경지이고, 삼성인 쌍룡을 익혀야 오성, 그리고 마지막 제룡을 익혀야 비로소 제룡신위를 십성까지 완벽하게 터득했다고 할 수 있는 것이다.

석 달 보름에 걸친 공사가 끝나고 중천보가 개파를 해야 할 시기가 아니었다면, 호리는 아예 오룡신장 모두를 익혀서 끝장을 보려고 했을 터이다.

지금 호리의 전면 삼 장 거리에는 몇 개의 석상들이 가지런히 세워져 있었다.

그는 이미 공력을 극한으로 끌어올린 상태에서 전면의 석상들 중에서 하나를 뚫어지게 주시하고 있었다.

그때 문득 호리는 무언가 이상한 것을 느꼈다.

지금 체내에서 노도처럼 흐르고 있으며 두 손에 모여 있는 공력이 예전보다 조금 증진된 듯한 느낌을 받은 것이다.

'이상하군.'

그는 중얼거리면서 끌어올렸던 공력을 해제시켰다. 그러자 온몸에 팽팽하게 모여 있던 공력이 단전과 수백 개의 혈도로 흔적없이 흩어졌다.

'호선이 생사현관을 소통시켜 주었을 때의 공력이 이 갑자를 조금 상회하는 백삼십 년 수준이었는데, 여덟 달 남짓한 사이에 공력이 증진되다니… 뭔가 잘못된 것인가?'

그는 백삼십 년 공력이 이삼 년쯤 운공조식을 해야지만 십 년이나 이십 년 정도 증진된다고 알고 있었다.

더구나 그것도 밤낮없이 운공조식에만 매달렸을 경우에

가능한 일이다.

그런데 겨우 여덟 달 남짓이 지났을 뿐이거늘, 공력이 증진된 것을 확연히 느낄 정도라니 이상한 생각이 드는 것은 당연한 일이었다.

지금 그가 느끼고 있는 공력 수위는 백오십 년 정도였다. 그의 느낌이 틀리지 않다면, 여덟 달 사이에 반 갑자 삼십 년 공력이 증진된 것이다.

호리가 아버지 조항유로부터 배운 소정심법은 뛰어난 심법이 아니다.

그저 무림에서나 흔히 볼 수 있는 평범한 심법이기 때문에 지금의 현상이 더욱 이상한 것이다.

마지막으로 금룡신장과 빙룡신장을 전개해 본 후에 중천보 개파식에 참가하려던 호리는 고개를 갸웃거리면서 깊은 생각에 잠겨들었다.

그러나 아무리 생각해 봐도 공력이 증진된 원인을 찾아낼 수가 없었다.

'도무지 모르겠군.'

그는 고개를 가로저으면서 생각하기를 포기했다.

이어서 다시 금룡신장을 전개하기 위해서 구결대로 공력을 운용하기 시작했다.

'아……! 혹시?'

순간 그의 뇌리를 뇌전처럼 스치는 것이 있었다.

호리는 오룡신장을 전개하기 위해서 제일 먼저 한 가지 기초적인 구결을 연마한 적이 있었다.

그 구결이 매우 난해하고 오묘해서 그토록 애를 먹었고 시일이 오래 걸렸었다.

그런데 그 구결은 오룡신장의 초식하고는 동떨어진 하나의 독립된 역할을 했다.

즉, 기초구결을 먼저 연마해야지만 오룡신장의 구결을 체내에서 운용할 수 있는 것이다.

'기초구결이 하나의 독립된 심법의 기능을 갖고 있는 것이 아닐까?'

거기에 생각이 이르자 그는 즉시 그 자리에 앉아 가부좌를 틀고 기초구결을 운공하기 시작했다.

그는 기초구결을 완전히 익힌 후에 오룡신장을 전개하기 위해서만 그것을 운공했을 뿐, 기초구결만 따로 운공한 적은 한 번도 없었다.

'이것은······.'

운공을 시작한 지 얼마 지나지 않아 그는 적잖이 놀랐다.

체내에서 거대한 폭포 같은 기운들이 거칠 것 없이 혈맥을 따라 도도하게 흐르는 것을 느낀 것이다.

그런데 그것이 한 줄기가 아니라 여러 줄기였다.

호리는 정신을 집중하고 혈맥을 흐르는 기운의 줄기를 세어봤다.

모두 다섯 줄기였다.

또한 다섯 줄기 기운의 느낌이 제각각 달랐다.

하나는 강철처럼 단단했고, 두 번째는 불처럼 뜨거웠으며, 세 번째는 얼음보다 더 차가웠으며, 네 번째는 부드러웠고, 마지막 다섯 번째 기운은 몹시 거대했다.

그 다섯 기운들이 바로 오행의 금, 화, 수, 목, 토였고, 오룡신장의 근원인 오룡정(五龍精)이었다.

호리는 큰 깨달음을 얻어 내심 탄성을 터뜨렸다.

'아! 이제 보니 기초구결 자체가 하나의 심법이었다!'

중천보 개보수공사를 하는 지난 석 달 보름 동안에 그는 오직 제룡신위만을 연마했다.

운공을 하지 않고 초식을 전개할 수는 없는 일이다.

그 말은 곧 그동안 소정심법은 한 번도 운기하지 않고 오직 제룡신위의 기초구결만 운기를 했고, 그 이후에 오룡신장을 연마했다는 뜻이다.

다시 말해서, 제룡신위 기초구결이 심법이 아니고서는 지난 석 달 보름 동안 오룡신장을 연마할 수가 없었을 것이라는 뜻이다.

'그렇다면 이것을 일원심법(一元心法)이라고 하자.'

제룡신위의 최고봉이 일원이기 때문에 호리는 그런 이름을 붙였다.

문득 그는 한 가지 사실에 대한 의문이 자연적으로 풀리는 것을 느꼈다.

혁련상예의 말에 의하면, 그가 혼절해 있을 때 마지막 사흘째 되는 날 아침나절부터 그의 몸이 스스로 운공조식을 시작하더니 곧이어 체내의 열기를 밖으로 배출시켰고, 그것이 치료에 큰 보탬이 되었다고 했다.

그 말을 들었을 때 그는 어떻게 그런 일이 있을 수 있느냐면서 반신반의했고, 혁련상예는 정말 그랬다면서 정색으로 강하게 주장을 했다.

그런데 이제 생각해 보니까 그가 혼절해 있는 동안 정말 그런 신기한 일이 벌어졌었다면, 그것을 이해하는 데에는 한 가지 결론밖에 없었다.

바로 제룡신위의 기초구결, 즉 일원심법이 그랬을 것이라는 추측이었다.

일원심법 같은 신비한 무공이라면 그럴 수도 있을 것이다.

그것밖에는 달리 이해할 방법이 없었다.

깨달음은 또 다른 깨달음을 낳았다.

'오룡정 다섯을 두 개로 합칠 수 있다면 그것이 바로 음양쌍룡(陰陽雙龍)이 되는 것이고, 다섯 개를 하나로 합치면 일원제룡(一元帝龍)이 되는 것이다!'

그러나 호리는 지금 그것들을 두 개나 하나로 합치려고 시도하지는 않았다.

그동안 무수히 많이 시도했고, 그만큼 실패했기 때문이

었다.

 그 대신 그는 다른 것을 시도해 보기로 했다.

 양손으로 각기 다른 용정(龍精)을 발출해 보려는 것이었다.

 지금껏 한 번도 시도해 보지 않았지만 가능할 것 같다는 생각, 아니, 느낌이 들었다.

 여태까지는 자신의 몸 안에서 다섯 가지 기운을 한꺼번에 흐르게 할 수도 있다는 사실을 모르고 있었지만 이제는 알게 되었기 때문이다.

 그는 천천히 일어나서 석상을 향해 우뚝 섰다.

 이어서 일원심법을 운공하기 시작하자 즉시 체내에서 오룡정이 거세게 소용돌이치면서 도도하게 흘렀다.

 그는 그것들 중에서 금룡정과 빙룡정을 선택하여 양팔에 모으느라 전력을 다했다.

 만약 이것이 성공한다면 그는 제룡신위를 또 한 단계 발전시키게 되는 것이다.

 우선 금룡정을 오른팔로 이끌어내는 데 성공했다. 원래 한 팔에 한 가지를 주입하는 것은 수월하였다.

 오른쪽 어깨의 혈도를 차단하여 일단 금룡정을 오른팔에 가둔 후 빙룡정을 왼팔로 이끌려고 온 힘을 다 쏟았다.

 그런데 그것이 생각처럼 쉽지가 않았다. 빙룡정의 끄트머리를 잡았다고 생각하면 어느새 빠져나가 버리기 일쑤였다.

 그것은 마치 야생마 같기도 하고 폭포를 거슬러 오르는 거대한 잉어 같기도 했다.

그는 그렇게 일다경 정도 빙룡정과 씨름을 하면서도 성공하지 못하고 있었다.

그 정도면 웬만한 사람들은 포기를 할 텐데도 그는 고집스럽게 매달렸다.

어느 정도 지쳐 갈 즈음, 그는 이런 방법으로는 성공하지 못할 것이라는 생각이 들었다.

'머리를 써야 한다.'

그는 잠시 멈추고 우뚝 서서 궁리를 했다. 반년 이상 파고들어 마침내 깨달음을 얻었던 제룡신위의 구결들이 차례차례 그의 머리에 떠올랐다.

'일원이 음양이 되고 음양이 오행이 된다.'

가장 간단한 이치에서부터 정리를 해보았다.

순간 어떤 생각이 그의 정수리를 때렸다.

'오행은 서로 상생(相生)하고 상극(相剋)한다. 그것을 이용해 보는 것이 어떨까?'

음양과 오행이 무엇인지도 모르던 그였지만 호선 덕분에 역학에 대해서 공부를 하게 됐고, 이제는 역학이라면 빠삭한 수준이 되었다.

상생은 다섯 가지로서 금생수(金生水), 수생목(水生木), 목생화(木生火), 화생토(火生土), 토생금(土生金).

상극 역시 다섯 개로서 금극목(金克木), 목극토(木克土), 토

극수(土克水), 수극화(水克火), 화극금(火克金)이다.

상생의 다섯 가지 관계에 각기 아생자(我生者)와 생아자(生我者)의 모자(母子) 관계가 있는데, 아생자는 '내가 낳은 자'라는 뜻이고, 생아자는 '나를 낳은 자'라는 뜻이다.

금(金)을 예를 들면, 금의 아생자는 '금생수'에서 '수(水)'를 말하며, 생아자는 '토생금'에서 '토(土)'를 말하는 것이다.

여기에서 상생의 사물을 발생, 조장시키는 이치를 말하면, '화생토'라고 할 때, 이것은 '화'가 있어야 '토'를 발생시킨다는 뜻이다.

마치 초목에 불이 붙으면 나중에 재가 남고, 그 재가 다시 흙이 된다는 이치다.

'화'는 '토'를 발생, 조장시키기 때문에, '화'를 어미[母]로 '토'를 아들[子]로 하여 상호 모자 관계가 되는 것이다.

상극은 사물 상호간에 제약하며 타승(打勝:쳐서 이김)하든가 극복하는 관계를 말한다.

상극에서도 '아극자(我克者)'와 '극아자(克我者)' 또는 '소승(所勝)'과 '소불승(所不勝)'의 상호 관계가 있다.

'아극자'라고 하는 것은 내가 제약하는 자이고, '극아자'는 나를 제약하는 자, '소승'은 타승한다는 뜻이고, '소불승'은 타승하지 못한다는 뜻이다.

그런 이치로 봤을 때 호리가 지금 오른팔에 주입시켜 가두어놓은 금룡정은 '금'이고, 그것의 아생자는 '금생수'의 '수', 즉 빙룡정이다.

우연의 일치치고는 묘했다. 그는 처음부터 오른팔에는 금룡정을, 왼팔에는 빙룡정을 주입하려고 애썼었다.

물론 '금생수'의 상생의 이치 같은 것은 염두에 두지 않은 순전히 우연이었다.

그런데 상생의 이치에 의하자면, 오른팔에 '금'인 금룡정을 주입시켰으니 자연히 왼팔에 '수'인 빙룡정이 따라와야만 하는데 그러지를 못해서 지금 난관에 부딪쳐 있는 것이다. 어미가 가면 자식이 따라와야 하는 것이 당연하지 않겠는가? 일단 상생의 이치에 의하면 그랬다.

호리는 다시 생각에 골몰하는가 싶더니 곧 속으로 나직한 탄성을 터뜨렸다.

'아! 금룡정을 오른팔에 주입시킨 후 어깨의 혈도를 봉했기 때문에 빙룡정이 뒤따라오는 것을 차단시킨 결과를 낳았는지도 모르겠다!'

생각이 거기에 미치자 그는 즉시 오른팔 어깨의 혈도를 풀었다. 그러자 금룡정의 기운이 어깨 밖으로 약간 흘러나가며 넘실거렸다.

그 순간 그토록 붙잡는 데 애를 먹고, 붙잡으면 퍼덕거리면서 뿌리쳐 도망쳤던 빙룡정이 신기하게도 제 스스로 오른쪽 어깨로 쏜살같이 밀려들었다.

그때 또다시 호리의 뇌리를 스치는 것이 있었다.

상생만을 이용할 것이 아니라 아예 상극까지 이용해 보자는 것이었다.

왼팔로 끌어들이려는 빙룡정 '수'의 상극은 '수극화', 즉 불의 기운인 '화' 화룡정이다.

호리는 왼쪽 어깨의 혈도를 개방하여 빙룡정을 이끄는 한편, 빙룡정의 꼬리 부위에 화룡정을 바짝 가깝게 밀착시켰다. '화'로 '수'를 압박하겠다는 의도였다.

그러자 놀랍게도 빙룡정이 마치 제집인 양 미끄러지듯이 왼쪽 어깨를 통해서 왼팔로 주입되는 것이 아닌가.

호리는 아예 한 걸음 더 나가서 오른쪽 어깨 입구에는 금룡정의 상극인 목룡정(木龍精)을, 왼쪽 어깨 입구에는 빙룡정의 상극인 화룡정을 머물게 하여 금룡정과 빙룡정이 빠져나오지 못하게 만들었다.

그것으로써 양팔에 각기 다른 용정을 주입시키려는 시도는 여러 번의 시행착오 끝에 가까스로 성공을 거두었다.

호리는 장승처럼 우뚝 서서 전면 두 개의 석상을 목표로 하여 뚫어지게 주시하였다.

석상은 보통 사람의 키, 체구와 비슷하게 특별히 제작하여 갖다 놓은 것이었다.

츠으으.

스으으.

그때 그의 양팔에서 각기 다른 음향이 미약하게 흘러나왔다.

뿐만 아니라 오른팔은 은은한 금광(金光)으로 물들었고, 왼팔은 얼음처럼 투명하게 빛났다.

호리는 양 팔꿈치를 구부려 두 손바닥을 펼쳐서 허공을 움켜잡는 듯한 형상을 취한 채 서서히 뒤로 끌어당겼다.

순간 그는 양팔을 앞으로 힘차게 뻗으면서 쌍장을 활짝 펼치며 각각 금룡정과 빙룡정을 모조리 뿜어냈다.

쿠우웃!

쐐애액!

쭉 뻗어낸 호리의 쌍장에서 각기 다른 색깔, 즉 금빛과 투명한 빛줄기가 폭발하듯이 뿜어지면서 파공음도 각기 다르게 토해졌다.

실로 가공하기 짝이 없는 쾌속함이었다. 그의 쌍장에서 섬광이 번쩍이는 순간, 두 줄기 장력은 이미 두 개의 석상에 적중되고 있었다.

꽝!

바움—

적중되는 음향도 각기 달랐다. 하나는 벽력탄을 터뜨린 것처럼 굉렬했고, 또 하나는 마치 깊은 우물 바닥에서 울려 퍼지는 진동음 같았다.

다른 것은 그뿐만이 아니었다. 금룡신장에 적중된 석상은 산산조각이 나서 돌가루가 사방으로 흩날렸고, 빙룡신장에 적중된 석상은 그대로 허연 얼음으로 화해 버렸다.

쩌어엉!

아니, 얼음으로 화했던 석상은 날카로운 음향을 터뜨리면서 얼음 조각이 되어 무너져 내렸다.

호리는 예상했던 것보다 더 위력적인 결과에 흡족한 마음으로 잔해를 바라보았다.

"아……! 제룡천력이라니!"

바로 그때 연공실 입구 쪽에서 놀라움에 물든 여자의 탄성이 터져 나왔다.

호리가 쳐다보니 연공실 석문이 열려 있고, 안쪽에 비선이 서서 박살난 두 개의 석상 잔해를 쳐다보며 얼굴이 온통 경악으로 물들어 있었다.

호리는 비선이 금룡신장과 빙룡신장을 알아보는 것을 보고 천천히 그녀에게 걸어갔다.

"이 무공을 아느냐?"

비선은 정신이 반쯤은 나간 상태로 더듬거렸다.

"맙소사… 천… 외삼절공 중에 하나인 제룡천력을 제가 왜… 모르겠어요?"

"천외삼절공? 제룡천력?"

조금씩 제정신을 차리기 시작한 비선이 의아한 얼굴로 호리를 바라보았다.

오룡신장(五龍神掌) 141

"설마… 천외삼절공을 모르시는 건가요?"
"응."

호리가 태연하게 고개를 끄덕이자 비선은 아연실색하는 표정을 지었다.

그러나 그녀는 호리가 거짓말을 한다고는 생각하지 않았다. 하지만 그 사실을 현실로 받아들이는 데에는 약간의 시간을 필요로 했다.

지상최강의 절학을 직접 전개한 사람이 그것의 이름을 모른다는 사실이 말이나 되는가.

비선은 중천보의 개파식 때문에 호리를 부르러 왔다가 느닷없이 연공실 안에서 들려온 폭음 소리에 놀라서 뛰어들어 왔는데, 너무 놀라서 자신이 이곳에 온 목적을 잠시 망각하고 있었다.

"보주께선 제룡천력을 어떤 경로로 배우게 되셨습니까?"

비선은 중천보의 수하가 아니지만, 마치 호리의 심복수하처럼 행동했다.

"응, 호선이 가르쳐 줬어."

'궁주께서……?'

가려는 평도현에서의 대격전 이후 살아남은 비선과 삼봉, 십봉에게 호리와 호선의 관계에 대해서 간략하게 설명을 해 준 적이 있었다.

그래야 할 필요성이 있었고, 그녀들은 알 자격이 있다고 판단했던 것이다.

그래서 비선은 호리와 호선이 친구 이상의 관계, 즉 사랑하는 사이라는 것을 알고 있다.

그렇지만 호선이 천외삼절공 세 가지 절학 중에 하나를 아낌없이 호리에게 가르쳐 주었다는 사실은 놀랍기 짝이 없는 일이었다.

비선은 호선이 천외삼절공의 하나인 홍예신공을 연성했다는 사실을 잘 알고 있다.

그렇지만 호선이 제룡천력까지 알고 있을 줄은 짐작조차 한 적이 없었다.

더구나 그것을 호리에게 선뜻 가르쳐 주다니…….

사랑은커녕 누군가를 손톱만큼도 좋아해 본 적이 없는 비선이지만, 이런 사실로 미루어 호선이 얼마나 호리를 사랑하는지 어렵지 않게 짐작할 수 있었다.

"비선, 천외삼절공이 어떤 무공인지 말해줘."

호리의 말이 비선의 상념을 깼다.

그런데 상황이 거꾸로 돼버렸다. 제룡천력을 전개한 호리가 그것을 배운 적도 없는 비선에게 제룡천력이 무엇이냐고 묻다니 어불성설이었다.

第七十五章
개파(開派)

擲賭者 乾坤

하늘도 쾌청한 초가을의 어느 날에 중천보는 성대한 개파식을 거행했다.

우보주 은초와 좌보주 철웅, 그리고 왕사 등 세 명의 당주가 심혈을 기울이고 돈을 아낌없이 쏟아 부은 덕분에 중천보는 무림의 내로라하는 중견 방, 문파의 규모와 비교해도 손색이 없을 정도로 개파식을 하게 되었다.

봉래현을 중심으로 인근 삼백여 리 이내에 있는 수십 개 방, 문파들에게 중천보의 개파를 알리는 초대장을 보냈는데에도 초대에 응한 방, 문파는 달랑 두 곳뿐이었다.

봉래현에서 동남쪽으로 백오십여 리 거리에 있는 바닷가

고을인 복산현(福山縣)의 낙성장(落星莊)에서 장주 이하 열 명의 무사들이 참가했다.

또 하나의 문파는 놀랍게도 봉래현에서 무려 천여 리나 멀리 떨어진 제남성에서 온 운검문(雲劍門)이었다.

더구나 운검문주가 직접 두 명의 아우와 열 명의 일대제자를 이끌고 참석을 했다.

더욱 놀라운 사실은 운검문에는 중천보의 개파를 알리지도, 초대하지도 않았다는 것이다.

낙성장은 봉래현보다 더 궁벽한 벽지인 복산현에 위치한 거의 알려지지 않은 소방파였다.

아니, 방파라기보다는 무도관에 가까운 규모였으며 그 지역에서의 세력이나 영향력 같은 것은 조금도 기대할 수 없는 수준이었다.

그렇지만 운검문은 산동무림 전체에 산재해 있는 육백여 개의 방, 문파 중에서도 당당히 삼십위권 안에 속하는 꽤 알려진 문파였다.

그런 운검문이 이름도 전혀 알려지지 않은 사람들이 세운 중천보 개파식에 참가한 것은 이례적이었다.

하마터면 마을잔치로 끝날 뻔한 중천보 개파식에 운검문과 낙성장이 참가하여 빛내주었다.

중천각 앞 넓은 광장에는 이십여 개의 차일이 쳐져 있었고 꽤 많은 사람들이 북적거렸다.

돌계단 아래에 중천각을 등지고 쳐져 있는 큰 차일에 가장 많은 사람들이 운집해 있었다.

한복판의 태사의에 호리가 늠름하게 좌정을 했고, 양쪽에는 은초와 철웅이 앉았으며, 호리 뒤에는 혁련천풍 남매가 나란히 서 있었다.

호리와 철웅 사이에는 빈 의자가 하나 있는데, 총호법인 가려의 자리였다.

호선을 만나러 간 그녀는 개파식인 오늘까지도 돌아오지 않고 있었다.

은초 옆에는 총당주인 왕사와 일당주인 흑사가, 철웅 옆에는 이당주인 예사가 앉았다.

차일의 오른쪽과 왼쪽 끝에는 두 무리의 사람들이 서로 마주 보면서 앉아 있었다.

오른편은 운검문이고 왼편은 낙성장 사람들이었다.

산동무림 내에서 삼십위권에 속하는 운검문이지만, 중천보에서는 그들과 낙성장을 똑같이 취급했다.

웬만한 사람들 같았으면 발끈했겠지만 운검문 사람들은 그저 묵묵히 앉아 있을 뿐이었다.

광장 양쪽에는 도합 이십여 개의 차일들이 쳐져 있는데, 모두들 봉래현 사람들로 채워져 있었다.

현 내에서 무도관을 운영하는 사람들은 그래도 나은 편이고, 심지어 전장이나 주루, 기루, 도박장 사람들까지 운집했다.

중천보에서는 무림인에게만 초대장을 보낸 것이 아니라 봉래현 사람들에게도 고루 보내 초청을 했다.

불과 석 달 보름밖에 지나지 않았지만, 그리고 개파도 하기 전이었지만 중천보는 이제 봉래현에서 없어서는 안 될 버팀목이 되어 있었다.

이곳에 초대되어 기꺼이 달려온 봉래현 사람들은 대부분 중천보 덕분에 예전에 철기보에게 강탈당한 사업과 점포를 되찾은 사람들과 중천보에 물품을 조달하는 등의 거래를 하는 사람들 일색이었다.

모든 사람들 앞에는 긴 탁자가 놓여 있고, 그곳에는 눈이 번쩍 뜨일 정도의 산해진미가 그득 차려져 있었다.

사람들은 웃고 떠들면서 술과 요리를 먹고 마시며 중천보의 개파를 진심으로 축하해 주었다.

차차창!

처처척!

지금 광장에서는 중천보 백 명의 무사들이 질서 정연하게 열을 맞추어 검법과 도법의 시범을 보이고 있었다.

검을 지닌 오십 명과 도를 지닌 오십 명이 양편으로 나누어서 서로를 공격하고 방어하는 약속된 시범이었다.

운검문과 낙성장 사람들은 시범에 열중하고 있는 중천보

무사들에게서 시선을 떼지 못하고 있었다.

"하앗!"

"이얍!"

채채채채챙!

각각 오십 명씩의 무사들이 내지르는 기합성이 가을하늘을 진저리치게 만들었고, 도검이 부딪치는 음향이 한 치의 흐트러짐도 없이 마치 두 자루의 도검이 맞부딪치는 것처럼 간명하게 터져 나왔다.

그들의 움직임은 빠르고도 경쾌했으며, 화려하면서도 간명하여 보는 사람들의 시선을 사로잡기에 부족함이 없었다.

또한 지상에서는 물이 흐르듯, 허공에서는 꽃잎이 미풍에 흩날리듯 초식을 전개하는 그들의 모습은 무림의 일류고수라고 해도 손색이 없을 듯했다.

기실 중천보 무사들이 지금 전개하고 있는 초식은 비전검법과 비전도법이었다.

비전도법은 호선이 철웅에게 가르친 것으로써 비전검법을 도에 맞게 변형시킨 초식이었다.

비전검법과 비전도법은 비화검과 전쾌검, 비화도와 전쾌도로 나뉘는데, 지금 이들이 전개하고 있는 초식은 비화검과 비화도였다.

사실 비전검법은 봉황궁의 상급자들만 배울 수 있는 봉린전황검인데, 운검문과 낙성장 사람들은 실제 한 번도 봉황궁 인물들을 본 적이 없었기에 봉린전황검을 알아보지 못하는 것이 당연했다.

운검문과 낙성장 사람들은 중천보 무사들의 시범에 넋을 빼앗긴 채 얼굴에는 놀라움과 감탄의 기색이 역력하게 떠올라 있었다.

그런데 오직 한 사람, 운검문 쪽 진영의 가운데 앉아 있는 사십 세가량의 중년인은 줄곧 호리 쪽에 시선을 고정시키고 있었다.

당당한 체구에 반 뼘 남짓한 검은 수염을 길렀고 부리부리한 눈에 두툼한 입술을 지닌, 한눈에도 호탕하고 용맹한 성품임을 알아볼 수 있는 인물이었다.

그가 바로 운검문주인 유운검(流雲劍) 현기무(玄機武)였다.

그의 좌우에 앉아 있는 두 명의 청년은 둘째, 셋째 동생으로 현일부(玄一夫)와 현당림(玄幢琳)이었다.

유운검 현기무는 사실 호리 한 사람만 보고 있는 것이 아니었다.

그는 호리와 그 뒤에 서 있는 혁련천풍 남매를 번갈아 보면서 고개를 갸웃거리기도 하고 골똘히 생각하는 표정을 짓기도 하였다.

그는 처음에 호리와 인사를 나눌 때 호리 뒤에 서 있는 혁련천풍과 혁련상예를 발견하고 적잖이 놀랐었다.

운검문은 제남성에서 제법 내로라하는 문파이기 때문에

이따금 무황성의 행사에 초대된 적이 있었는데, 현기무는 그때마다 혁련천풍 남매를 본 적이 있었던 것이다.

'절대 잘못 봤을 리가 없다. 중천보주 뒤에 서 있는 두 사람은 무황성의 대공자와 삼소성주가 틀림없다.'

현기무는 자신의 눈과 기억력을 확신했다.

그렇다면 저 두 사람이 어째서 이곳에 있다는 말인가?

게다가 입고 있는 복장은 무엇이며, 마치 호위인 듯 중천보주 뒤에 우뚝 서 있는 모습은 또 무엇이라는 말인가?

그런 의문들이 현기무의 머릿속에 가득 차올랐다.

아무리 무황성이 멸문했다지만 혁련천풍 남매가 이런 궁벽한 오지의 소방파에 몸을 의탁하고 있을 리가 없었다.

혁련천풍은 청의단삼을, 혁련상예는 취의경장을 입고 있었는데 두 사람의 가슴 한복판에 '中天'이라는 글씨가 수놓아져 있었고, 오른쪽 어깨에는 각기 '우호(右護)', '좌호(左護)'라는 글씨가 수놓아져 있었다.

그것은 누가 보더라도 두 사람이 중천보주의 호법이나 호위라는 사실을 알 수 있었다.

이윽고 현기무의 시선이 혁련천풍 남매에게서 호리에게로 옮겨졌다.

중천보의 개파시에 왔다가 혁련천풍 남매를 발견한 것도 놀랍지만, 그들의 호위를 받는 인물이 아직 약관의 청년이라는 사실이 더욱 놀라웠다.

현기무는 이미 호리를 대여섯 번도 더 뚫어지게, 그리고 자세히 살펴보았지만 다시 한 번 살펴보았다.

호리는 일신에 산뜻한 백의단삼을 입었으며 옷에는 아무런 글씨나 표기가 그려져 있지 않았다.

훤칠한 체구와 키, 짝을 찾기 어려울 정도의 영준한 용모, 단정한 자세로 앉아 있는 자세에서 흘러나오고 있는 고요하기 짝이 없는 정중정(靜中靜)의 기도.

그는 그곳에 앉아 있지만 마치 없는 듯했다.

또한 거대한 산악 같기도 하고, 낙락장송에 앉아 있는 고고한 한 마리 백학 같기도 했다.

무림의 경륜이 깊은 현기무의 안목으로 봤을 때 호리는 심후한 내공과 무공을 안으로 갈무리한 고수가 분명했다.

문제는 그가 누구냐는 것이다.

대체 누구기에 저토록 어린 나이에 현기무조차도 혀를 내두를 정도의 기도를 갖추었으며, 또한 혁련천풍 남매 같은 호위를 거느릴 수 있느냐는 것이다.

문득 현기무의 시선이 이번에는 혁련천풍 남매 뒤쪽에 늘어서 있는 세 명의 여자에게 향했다.

비선과 삼봉, 십봉이었다.

그녀들은 똑같이 홍의경장을 입었는데 옷에는 아무런 표식이 없었다. 그렇지만 누가 보기에도 그녀들은 혁련천풍 남매의 수하들 같았다.

현기무는 비선 등 세 여자들이 비록 나이는 어리지만 한결같이 깊은 눈과 은은한 기도를 흩뿌리고 있는 것으로 미루어 일류고수 이상의 실력자일 것이라고 간파했다.
 그즈음 광장에서 벌어지고 있는 중천보 무사들의 시범이 절정을 향해 치닫고 있었다.
 그래서 모두들 찬탄을 금치 못하고 있었지만, 현기무만은 그러지 못했다.
 갈수록 깊어만 가는 의문 때문에 현기무는 머리가 다 지끈거릴 정도였다.
 슥!
 결국 현기무는 자리를 박차고 일어나 호리 쪽으로 성큼성큼 걸어갔다.
 혼자서 끙끙거리기보다는 의문을 풀기 위해서 정면으로 부딪쳐 보려는 것이었다.
 호리는 현기무가 가깝게 다가올 때까지 쳐다보지 않았다.
 대신 혁련천풍 남매가 힐끗 현기무를 쳐다보았고, 삼봉과 십봉이 빠르게 그에게 다가갔다.
 현기무는 자신의 앞을 막아선 삼봉과 십봉을 보면서 정중하게 말문을 열었다.
 "삼시 보주를 뵙고 싶소이다."
 십봉이 현기무를 경계하고 삼봉이 호리를 돌아보자 호리는 가볍게 고개를 끄덕여 허락했다.

삼봉과 십봉이 비켜서자 현기무는 천천히 호리에게 걸어갔다.

그때 하인 한 명이 여섯 명의 늙은 거지들을 안내하여 호리가 있는 차일 쪽으로 들어왔다.

중천보는 수하가 백 명뿐이고, 그들은 지금 광장에서 시범을 보이는 중이라서 보 내의 자잘한 일들은 하인과 하녀들이 도맡고 있는 실정이었다.

갑자기 늙은 거지들이 우르르 나타나자 차일 안에 있는 사람들의 시선이 일제히 그쪽으로 쏠렸다.

현기무는 늙은 거지들을 쳐다보다가 안색이 급변했다.

'저들은?'

늙은 거지들은 다름 아닌 개방의 방주인 무궁신개와 개방오로 다섯 명이었다.

무궁신개와 개방오로는 워낙 유명한 무림의 명숙들이라 현기무가 알아보지 못할 리가 없었다.

'저들이 무엇 때문에 이곳에……?'

현기무가 놀라움을 감추지 못한 얼굴로 쳐다보고 있는 사이에 무궁신개 등 여섯 명은 호리 앞에 이르렀다.

그런데 현기무는 호리가 여전히 자리에 앉은 채 그들을 맞이하는 것을 발견하고 다시 한 번 놀랄 수밖에 없었다.

무림의 배분상으로 볼 때 무궁신개와 개방오로는 현기무보다 두 단계 위였다.

그런데도 새파란 후배처럼 보이는 호리가 태사의에 앉은 채 그들을 맞이하고 있는 것이었다.

현기무가 놀라고 있는 사이에 무궁신개가 호리 앞에 마주 보는 자세로 우뚝 섰고, 그 뒤에 개방오로 다섯 명이 나란히 늘어서며 자세를 가다듬었다.

누가 보더라도 그것은 마치 아랫사람이 윗사람에게 인사를 하는 듯한 광경이었다.

"개파를 경하드리오, 보주."

무궁신개가 포권을 하면서 가볍게 허리를 굽히자 개방오로도 똑같이 따라서 했다.

'이거야······.'

지켜보고 있던 현기무는 점차 머리가 아파오는 것을 느꼈다. 호리라는 사람을 이해하려고 애쓰는 판국에 더욱 불가해한 일이 벌어진 것이다.

"어서 오시오. 먼 길에 애쓰셨소."

더구나 호리는 가볍게 고개를 끄덕이며 노고를 치하할 뿐 별다른 행동을 취하지 않았다.

그런데도 무궁신개 등은 호리가 그러는 것이 당연하다는 듯한 표정들이었다.

그래서 현기무는 더욱 머리가 어지러워졌다.

그때 무궁신개가 현기무를 발견하고 뜻밖이라는 표정을 지으며 아는 체를 했다.

"오! 현 문주를 이곳에서 보다니, 뜻밖일세!"

현기무는 즉시 포권을 하며 깊숙이 허리를 굽혔다.

"후배 현기무가 노선배들을 뵈옵니다."

그러자 운검문 사람들이 모두 일어나 무궁신개와 개방오로에게 예를 갖추었다.

무궁신개는 현기무의 어깨를 가볍게 두드리며 껄껄 웃었다.

"헛헛헛! 제남성의 운검문이 천여 리나 먼 이곳까지 중천보의 개파를 축하하러 오다니 뜻밖일세! 역시 현문주의 안목은 녹슬지 않았군!"

뜻인즉, 현기무가 호리라는 사람을 높이 평가하여 중천보 개파에 참가했다는 것이다.

현기무는 이끌리듯이 호리를 쳐다보았다.

혁련천풍 남매의 호위를 받고 있는 인물.

개방의 현 방주와 장로들이 축하인사를 해도 꼿꼿하게 앉아서 응대하는 인물.

당금 무림에 그 정도의 인물이, 더구나 아직 약관의 청년이 누가 있는지 현기무는 아무리 궁리를 해봐도 떠오르지가 않았다.

결국 현기무는 다시 자신의 자리로 돌아갔다. 무궁신개 등 여섯 명이 호리 뒤쪽에 자리를 잡고 그들과 담소를 나누는 바람에 자신에게는 호리와 대화를 할 기회가 없을 것이라고 판단한 것이다.

광장에서의 시범이 끝나자 사방에서 우레 같은 함성과 박수가 터져 나왔다.

백 명의 중천보 무사들은 질서 정연하게 도열한 후 호리에게 예를 취하고는 물러갔다.

그들이 얼마 전까지만 해도 하오문인 구사문의 하오문도였을 것이라고 추측하는 사람은 아무도 없었다.

심지어 무궁신개마저도 그들을 호리가 오랜 세월 동안 키운 정예고수일 것이라고 짐작할 정도였다.

"보주, 드릴 말씀이 있소이다."

장내가 정돈되자 호리 뒤에 앉은 무궁신개가 그에게 조용한 어조로 입을 열었다.

"들어갑시다."

호리는 고개를 끄덕이고 일어섰다.

바로 그때,

우지끈!

중천보 전문 쪽에서 요란한 소리가 터졌다.

우르르!

뒤이어 도검을 뽑아 든 한 떼의 무사들이 벌 떼처럼 중천보 안으로 달려들어 왔다.

광장 양쪽에 있던 봉래현의 선량한 양민들은 비명을 지르면서 사방으로 도망을 쳤다.

갑자기 나타난 무사들은 양민들은 내버려 두고 호리가 있는 차일 쪽으로 몰려와 겹겹이 포위를 해버렸다.

운검문과 낙성장 사람들은 당황해서 술렁였지만 호리를 비롯한 중천보 사람들과 무궁신개 등은 태연자약했다.

호리 일행을 포위하고 있는 자들의 수는 대략 삼백여 명쯤 되는 것 같았다.

호리의 전면 차일 밖에는 괴한들의 우두머리로 보이는 자가 팔짱을 낀 채 우뚝 서 있었다.

홍포를 입은 사십오 세가량의 중년인이며, 어깨에 한 자루 붉은색의 도를 메었고 말상에 주걱턱을 지닌 강퍅해 보이는 인상의 소유자였다.

"네가 중천보주냐?"

중년인은 눈 아래로 호리를 보면서 거만하게 물었다. 그는 사전에 중천보에 대해서 자세히 알아보고 왔기 때문에 한눈에 호리의 신분을 간파했다.

"무슨 일이냐?"

호리는 대답 대신 용건을 물었다.

"후후! 나는 내양(萊陽) 적도방(赤刀幇)의 방주 뇌적도(雷赤刀)다! 너는 이 별호를 들어본 적이 있느냐?"

물론 호리는 그런 별호를 들어본 적이 없다.

다만 무림 정세에 대해서 훤한 무궁신개와 개방오로만이 뇌적도라는 별호를 어렴풋하게나마 기억하고 있을 뿐이었다.

호리는 고개를 가로저었다.

"아니, 들어본 적 없다. 내게 볼일이 있느냐?"

사실 적도방이 있는 내양은 봉래현에서 남쪽으로 사백여 리쯤 되는 내양현에 있는 정사간(正邪間)의 방파다.

철기보가 봉래현을 장악하고 있었다면, 적도방은 내양현을 주름잡고 있으며, 철기보보다 세력이나 영향력에서 조금 더 큰 방파다. 하지만 거기서 거기, 도토리 키 재기 정도였다.

철기보를 내쫓고 그곳에 중천보라는 새로운 방파가 들어선다는 소문을 듣고 이 기회에 중천보를 쳐서 자신들의 세력을 봉래현까지 넓히려는 야심찬 계획을 품고 단숨에 달려온 것이었다.

호리의 말에 뇌적도는 말이 콧김을 뿜어내는 듯한 웃음소리를 흘렸다.

"푸후후! 볼일이 있느냐고? 암! 있지!"

그는 조금 더 거만한 자세를 취했다. 수하가 백여 명밖에 되지 않는 중천보를 공격해서 전멸시키는 것쯤은 까짓것 일도 아니라는 듯한 태도였다.

"나는 이곳 봉래현이 필요하다. 그러니까 아직 목숨이 붙어 있을 때 곱게 물러가라."

뇌적도 주위에 있는 자들이 겁을 주려는 듯 험상궂게 인상을 쓰며 으스스하게 웃었다.

무궁신개나 운검문주인 현기무는 적도방 따위가 중천보를 어떻게 할 것이라고는 눈곱만큼도 생각하지 않았다.

다만, 현기무는 호리가 이 상황을 어떻게 해결할 것인지에 관심이 많았다.

그렇지만 현기무의 기대는 여지없이 꺾이고 말았다.

투다다닥!

"흑!"

"컥!"

"끅!"

그때 갑자기 뇌적도의 뒤쪽에서 가벼운 격타음과 답답한 신음 소리가 어지럽게 터져 나왔다.

원래 호리가 있는 차일을 적도문의 수하들 삼백여 명이 대여섯 겹으로 겹겹이 포위를 하고 있었는데, 신음 소리는 포위망 뒤쪽에서 들려왔다.

제일 앞줄에 있던 뇌적도와 심복수하 대여섯 명은 의아한 얼굴로 뒤돌아보았다.

그러나 그의 뒤에 겹겹이 서 있어야 할 수하들은 한 명도 보이지 않았다.

그들은 모조리 땅에 쓰러져서 나뒹굴어 있었는데 하나같이 눈을 까뒤집은 채 이미 숨이 끊어진 상태였고, 그 수는 이십오륙 명에 달했다.

그리고 뻥 뚫린 대여섯 겹의 포위망 너머에 가려가 우뚝 서서 양손을 가느다란 허리에 얹고 있는 모습이 보였다.

"뭐, 뭐야, 저년은?"

퍽!

뇌적도는 가려를 가리키면서 놀라면서도 어이없는 얼굴로 말하다가 다음 순간 목 위에 얹혀 있는 머리통을 잃어버렸다.

가려가 슬쩍 손을 젓자 한줄기 강맹한 경력이 발출하여 뇌적도의 머리를 박살 내버린 것이었다.

머리통을 잃은 뇌적도는 쓰러지지 않고 그대로 서 있었다.

뇌적도의 수하들은 혼비백산한 얼굴로 그 광경을 지켜볼 뿐 아무도 입을 열거나 행동을 취하지 못했다.

지독한 경악이나 공포는 잠시 동안 뇌의 기능을 마비시키기 때문이다.

가려가 호리를 바라보면서 환한 미소를 지으며 뚫린 포위망을 통해서 똑바로 걸어왔다.

그때 가장 먼저 정신을 차린 적도방의 당주 한 명이 가려를 향해 맹렬히 덮쳐 가면서 악에 받친 듯한 고함을 질렀다.

"저년을 죽여라!"

그의 명령에 가려와 가장 가깝게 있던 수하들이 부화뇌동하여 우르르 그녀를 덮쳐 갔다.

쉬이익!

스사사사―

그 순간 가려 주위에 눈부신 검막(劍幕)이 펼쳐졌다. 그것은 마치 허공에 은빛 비늘을 뿌려놓은 것 같은 광경이었다. 수많은 비늘들이 번뜩이면서 겹겹의 막을 형성하고 있었다.

분명히 그녀는 아무런 행동도 취하지 않았고, 어깨의 검은 그대로 검집에 꽂혀 있는 상태였으며, 입가에 미소를 지은 채 호리를 향해 자늑자늑 걸어오고 있었다.

한꺼번에 우르르 덮쳐들던 적도방 수하들은 검막에 닿는 순간 가차없이 뎅겅뎅겅 몸뚱이가 잘라졌다.

"흐아악!"

"으악!"

적도방 수하들의 눈에는 가려의 몸 주위에 단지 번뜩이는 비늘의 무리만 보일 뿐이어서 그것이 검막인지 알지 못했다.

그들은 팔이 닿으면 팔이 잘라져 나가고, 머리를 들이민 자는 머리가, 하체가 먼저 튀어나간 자는 허리와 다리가 싹뚝 잘라졌다.

앞사람의 몸뚱이가 마치 보이지 않는 작두에 잘라지듯이 뭉텅뭉텅 잘라지는 것을 발견한 뒷사람들은 기겁을 하여 멈추려고 했지만 뒤에서 밀어대는 바람에 어쩔 수 없이 두 눈 뻔히 뜬 채 공포에 질린 얼굴로 검막에 몸을 들이밀어야만 했다.

그때 무궁신개와 개방오로, 현기무를 비롯한 운검문 사람들과 낙성장 사람들은 거의 동시에 발견했다.

호리 뒤에 서 있었던 삼봉과 십봉이 어느새 가려의 머리 위

반 장 높이 좌우에 떠서 아래를 향해 현란하게 검을 떨쳐 내고 있는 광경을.

삼봉과 십봉이 가려 머리 위에서 정지비행을 하며 가려의 몸 주위 반 장 거리에 검막을 만들어내고 있었던 것이다.

설마 검막 같은 것을 만들어낼 줄은 꿈에도 몰랐던 적도방 수하들은 벌 떼같이 덮쳐들다가 짧은 시간에 삼십여 명이나 피를 뿌리며 바닥에 나뒹굴었다.

그들은 공포에 질린 표정으로 주춤주춤 뒤로 물러나 허공에 떠 있는 삼봉과 십봉을 쳐다보았다.

그들은 지금 개안(開眼)을 하고 있는 중이었다. 하늘 위에 있는 또 다른 하늘을 보고 있는 것이다.

'일개 호위고수가 검막이라니……'

현기무는 아연실색한 표정을 지었다. 그는 삼봉과 십봉이 자신보다 월등한 고수라는 사실을 그제야 깨달았다.

현기무뿐만 아니라 운검문 사람들은 너무 놀라서 벌린 입을 다물지 못하고 있었다.

가려는 호리 앞에 멈춘 후 잠시 말없이 그를 바라보았다.

호리 뒤에 서 있는 혁련천풍 남매는 가려가 얼굴에 감정을 드러내지 않으려고 애쓰는 것과 그녀의 두 눈에 반가움이 파도처럼 출렁이고 있는 것을 발견했다.

혁련천풍 남매는 가려의 눈빛이 반가움 그 이상이라는 사실을 감지했다.

호리는 가려를 응시하며 빙그레 미소 지었다.

"왔군."

가려는 호리보다 더 환하게 미소 지었다.

"네, 왔어요."

그때 혁련천풍 남매와 세 명의 당주가 가려에게 예를 취하면서 입을 모아 외쳤다.

"총호법을 뵈옵니다!"

현기무를 비롯한 운검문 사람들과 낙성장 사람들은 신비한 기운을 뿌리면서도 천향국색의 미모를 지닌 가려를 주시하며 잠시 넋을 잃은 표정을 지었다.

그때 은초가 총당주 왕사에게 조용히 명령했다.

"총당주, 저놈들을 내쫓아라."

왕사가 공손히 허리를 굽힌 후 일당주 흑사와 이당주 예사에게 가볍게 고개를 끄덕여 보이면서 적도방 무사들에게 천천히 다가갔다.

왕사를 비롯한 세 당주는 적도방 이백오십여 명의 무사들을 마주 대하고 나란히 우뚝 섰다.

적도방이 수적으로 훨씬 우세하지만 세 사람은 조금도 주눅이 든 얼굴이 아니었다.

흑사와 예사가 발을 구르면서 우렁차게 외쳤다.

"이놈들! 깡그리 죽어야 정신을 차리겠느냐? 썩 물러가라!"

"이 말이 끝날 때까지도 이 자리에 서 있는 놈들은 목을 베겠다! 당장 꺼져라!"

 적도방 무사들은 움찔하며 주춤주춤 물러났다.

 주위를 둘러보니 아까 광장에서 시범을 보였던 중천보 무사 백 명이 어느새 적도방 무사들을 엄밀히 포위하고 있었다.

 한순간 적도방 무사들은 누가 먼저랄 것도 없이 몸을 돌려 도망치기 시작했다.

 불과 서너 차례 호흡할 짧은 시각에 이백오십여 명이 모조리 사라져 버렸다.

 그래도 의리는 있는지 팔다리를 잃은 채 땅바닥에 나뒹굴어 있는 동료들을 챙기는 것을 잊지는 않았다.

 나란히 우뚝 선 왕사와 흑사, 예사는 꽁무니가 빠지게 줄행랑을 치는 적도방 무사들을 쳐다보며 가슴이 터질 듯한 흡족함을 맛보고 있었다.

 그들만이 아니라 포위망을 형성하고 있는 백 명의 중천보 무사들도 뿌듯한 마음을 감추지 못하기는 마찬가지였다.

 그들 모두는 반년쯤 전까지만 해도 무림인들이 손가락질하는 저 밑바닥의 하오문도들이었다.

 그들은 자신들이 불과 반년 만에 그토록 갈망하던 진정한 무림인으로 거듭났다는 사실을 온몸으로 느끼고 있었다.

第七十六章
말똥구리

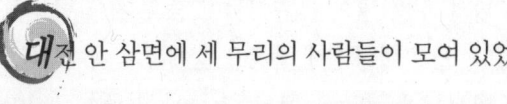

　대전 안 삼면에 세 무리의 사람들이 모여 있었다.

　단상에 호리를 중심으로 하여 중천보의 간부급들과 무궁신개 등이 한 무리를 이루고, 운검문과 낙성장이 각각 무리를 이루었다.

　호리 일행은 대전의 복판인 단상과 단하에, 운검문과 낙성장은 대전의 양쪽 벽을 등진 채 앉아 있고, 모두의 앞에는 산해진미가 차려져 있었다.

　방금 전까지 무궁신개는 호리에게 당금 무림의 정세에 대해서 자세하게 설명을 했다.

마황부와 봉황궁이 합세하여 무림오황의 마지막 보루인 검황루를 괴멸시켰다는 것과 그들 두 방파가 합쳐서 마봉천이라는 거대 세력을 탄생시켰다는 것이 주된 내용이었다.

무궁신개의 설명 중에는 중인이 알고 있던 내용도 있었고, 처음 듣는 내용도 더러 있었다.

그렇지만 결론은 하나로 귀결되었다.

마봉천이 사실상 중원 무림을 장악했으며, 그 세력이 전체 무림의 육 할에 이른다는 사실이다.

즉, 무림의 육 할에 이르는 방, 문파들과 무림인들이 제 스스로 마봉천에 찾아가서 복종을 맹세했다는 뜻이다.

무궁신개의 말에 의하면 지금 현재도 하루에 수십 개 방, 문파와 수백 명의 무림인들이 줄을 지어 마봉천을 찾는다고 했다. 물론 마봉천에 복종을 맹세하기 위해서다.

마봉천에 복종을 맹세하는 방, 문파나 무림인들 대다수는 어쩔 수 없이 복종을 선택한 것이다.

만약 당금 무림에 마봉천에 대적할 세력이 출현을 했다면 아마도 많은 방, 문파와 무림인들이 그토록 쉽게 마봉천에 복종을 맹세하지는 않았을 것이다.

그러나 아직도 무림에서는 마봉천에 대적할 세력이 출현하지 않고 있었다.

멸문한 무림삼황의 잔존 세력들이 힘을 합쳐서 하나의 세력을 만들어 마봉천에 대적할 것이라는 소문은 무성했지만 현재까지도 실체를 드러낸 것은 없었다.

또한 선황파의 구심 세력인 무당파와 화산파를 제외한 칠파일방이 주축이 되고, 무림의 명문대파들이 힘을 보태어 무림맹을 세울 것이라는 소문도 끊임없이 나돌았으나 그 역시 실체화되지는 않은 상태였다.

그러나 호리는 무궁신개의 설명을 처음부터 끝까지 별 관심이 없는 듯한 모습으로 들었다.

그의 관심사는 오직 조연지에 대한 정보뿐이었다. 그래서 한시바삐 가려와 대화를 나누고 싶었지만 모두들 모여 있는 자리라서 상황이 여의치 않았다.

단상의 세 개의 태사의에는 호리와 좌우에 은초, 철웅이 앉았고 호리 뒤에 가려가, 은초와 철웅 뒤에 각각 혁련천풍과 혁련상예가 우뚝 서 있었다.

단하의 오른쪽에는 왕사 등 세 명의 당주가, 왼쪽에는 무궁신개와 개방오로가 서로 마주 보는 자세로 서 있었다.

"유운검 현 문주라고 하셨소?"

그때 호리가 대전 오른편에 자리를 잡은 운검문 사람들을 쳐다보며 조용히 입을 열었다.

그러자 현기무가 자신도 모르게 벌떡 일어나 호리를 향해 정중히 포권을 하였다.

"그렇소이다!"

호리의 신위를 못 보았으면 모르되, 그가 대단한 인물일 것이라 짐작하고 있는 상황이기 때문에 현기무는 자신도 모르게 잔뜩 긴장하여 더없이 정중한 자세를 취한 것이었다.

호리는 빙빙 돌리지 않고 단도직입적으로 물었다.

"운검문에는 초대장을 보내지 않은 것으로 아는데, 혹시 본보에 따로 용건이 있소?"

현기무는 진중한 어조로 대답했다.

"과거 철기보가 봉래현을 근거지로 삼고 많은 악행을 저질러서 백성들의 원성이 자자했기 때문에 본 문은 기회가 닿으면 출병을 하여 철기보를 응징하려고 별러왔었소."

미꾸라지 한 마리가 연못 전체를 다 흐린다고, 철기보는 비록 산동무림의 소방파지만 그들의 악행은 사파나 마도의 악행과 견주어도 손색이 없을 정도였다.

그래서 산동무림의 명문대파들이 언제든 철기보를 응징하려고 별러왔지만 봉래현이 워낙 외진 곳이라 출병을 하기가 쉽지 않아서 차일피일 미뤄왔던 것이다.

현기무의 말이 이어졌다.

"그런데 누군가 철기보를 내쫓고 그 자리에 중천보라는 새 방파가 개파를 한다는 소문을 듣고, 과연 어떤 인물이 중천보 주인가 알아보려고 왔소이다!"

그의 말은 지나치게 솔직했지만 가식이 느껴지지 않아서 오히려 좋았다.

"솔직하게 말하겠소. 우리는 어제 늦은 오후에 봉래현에

도착하여 현 내의 사람들에게 중천보에 대해서 물어보았었소. 그런데 하나같이 침이 마르도록 중천보주를 칭찬하고 또 존경하는 것이었소."

현기무는 호리에게 다시 한 번 포권을 하며 진중한 어조로 말을 이었다.

"부디 중천보가 봉래현 일대는 물론이고 더 나아가 산동무림의 기둥이 되어주셨으면 하오!"

그는 입에 발린 아첨을 원래 못하는 사람이다. 그가 보기에 호리와 중천보는 장차 산동무림 내에서도 손꼽히는 명문이 될 것 같기에 그런 말을 한 것이다.

그때 무궁신개가 껄껄 호방하게 웃었다.

"헛헛헛헛! 보주와 중천보는 장차 천하 무림을 이끌 분이신데 산동무림의 기둥이 되라고 하면 욕이 아닌가?"

현기무는 무궁신개의 비약이 지나치다고 생각했지만 토를 달지는 않았다.

현기무가 보기에 호리와 중천보의 실력이 대단하기는 하지만 천하 무림을 이끌 정도는 아닌 것 같았다.

무궁신개는 뭔가 깊은 생각을 하느라 잠시 침묵을 지키며 표정이 복잡하게 변했다.

이윽고 그는 결정을 내린 듯 단상을 향해 돌아서서 호리에게 정중히 포권을 하였다.

"보주! 솔직하게 말씀을 드리겠소이다! 사실 이 늙은 거지는 이번 중천보 개파식에 참가하면서 한 가지 막중한 임무를 지니고 왔소!"

호리는 언제나 그랬듯이 침묵으로 일관했다.

무궁신개는 잠시 뜸을 들이며 다시 한 번 운검문과 낙성장 사람들 쪽을 번갈아 쳐다보고 나서 이왕 내친걸음이라는 듯 말을 이었다.

"당금 무림에 떠돌고 있는 두 가지 소문은 분명한 사실이오. 즉, 무림삼황의 잔존 세력이 중심이 되어 세력을 모으고 있는 것과 칠파일방과 명문대파들이 중심이 되어 무림맹을 결성하고 있다는 소문 말이오."

그 말에 운검문과 낙성장 사람들은 크게 놀란 표정으로 다음 말에 귀를 기울였다.

난데없이 무궁신개의 입에서 '무림맹'이라는 말이 나올 줄은 아무도 예상하지 못했었다.

사실 운검문은 예전 무림오황이 무림을 지배하던 시절에 어느 세력하고도 인연을 맺지 않았었다.

무림오황의 권세가 하늘을 찌르고, 몇 걸음만 걸어도 무림오황의 세력권을 밟아야 하는 세상에서 운검문 같은 명문정파가 무림오황과 결탁하지 않은 채 홀로 무림에서 살아남아야 한다는 것은 실로 가시밭길을 맨발로 걷는 것과도 같았다.

그렇지만 운검문은 무림오황의 무수한 회유와 협박에도 불구하고 독야청청 오늘에 이르고 있었다.

하지만 마봉천에 의해서 결딴이 나버린 당금 무림에서 운검문은 더 이상 자파의 문을 굳게 걸어 닫은 채 독야청청할 수가 없었다.

운검문주 현기무가 워낙 정의로운 인물이기 때문이었다.

그는 좋은 시절에 무림오황을 등에 업고서 부귀와 영달을 누리는 것은 거부했었지만, 지금과 같은 난세에는 분연히 떨치고 일어나 무림을 구하는 일에 앞장서려고 하는 진정한 의인인 것이다.

하지만 낙성장은 달랐다. 궁벽한 시골구석의 무도관 수준인 소방파 낙성장은 원래 철기보의 세력권 안에서 근근이 연명을 해왔었다.

그런데 중천보가 철기보 자리에 개파를 한다고 초대장을 보냈으니, 후환이 두려워서 부랴부랴 서둘러 개파식에 참가를 한 것이었다.

그런데 낙성장 사람들은 그 개파식에서 예상하지 못한 여러 경험들을 하게 되었다.

우선 중천보 무사들의 검술과 도법 시범에 완전히 압도당해 버리고 말았다.

그다음에는 내양현의 무법자인 적도방의 방주 뇌적도가 너무도 어이없게 죽임을 당했으며, 삼백여 명이나 되는 적도방 무사들이 꽁지가 빠지게 도망치는 광경을 보고는 넋이 빠져 버렸다.

그뿐인가. 개방의 방주 무궁신개와 개방오로 같은 거물들이 약관의 중천보주 앞에서 설설 기는 광경마저 목격하게 되었으니, 낙성장 사람들은 그저 꿔다 놓은 보릿자루처럼 앉아서 꿈인지 생시인지 처분만 바라고 있는 입장이었다.

 그런 상황에서 무궁신개가 '무림맹'이라는 엄청난 말을 했지만 이제는 별로 놀라지도 않았다. 비몽사몽의 상태이기 때문이었다.

 무궁신개는 호리에게 원하는 것이 있었기 때문에 운검문과 낙성장 사람이 있는 자리에서 부득이 무림맹에 대해서 언급할 수밖에 없었다.

 무궁신개는 호리를 향해 똑바로 섰다. 개방오로도 그의 뒤에 나란히 늘어섰다.

 그로 미루어 무궁신개가 이제부터 매우 중대한 말을 하게 될 것이라는 사실을 짐작할 수 있었다.

 "보주, 개방은 무림맹의 일원이 되었소. 개방뿐만이 아니라 칠파일방 모두와 무림의 삼십여 개 방, 문파들이 뜻을 함께 모았소."

 운검문과 낙성장 사람들은 극도로 긴장한 상태지만 호리를 비롯한 중천보 사람들은 태연자약한 모습이었다.

 무궁신개는 전에 없이 비장한 표정을 지으며 말을 이었다.

 "현재 무림맹을 이끌고 계신 분은 보리옥불이시오."

 그 말에 운검문과 낙성장 사람들 입에서 어지럽게 탄성이 터져 나왔다.

대저 보리옥불이 어떤 존재인가. 살아 있는 부처, 즉 활불(活佛)이라고 추앙을 받으며 천하 모든 불문에서 신으로 여기는 존재가 아닌가.

천하에서 보리옥불을 모르는 사람은 없을 터이다. 호리나 은초, 철웅조차도 항주성 시절 때부터 보리옥불에 대해서 잘 알고 있었을 정도였다.

"보리옥불께서 내게 친히 말씀하셨소. 보주를 무림맹으로 데려올 수만 있다면, 마봉천과의 싸움에서 승산이 있을 것이라고 말이오. 그리고 무슨 일이 있어도 보주를 모셔오라고 당부하셨소."

보리옥불이라는 말이 나왔을 때 호리와 은초, 철웅, 세 명의 당주를 제외한 모든 사람들이 각자 다른 이유 때문에 몹시 긴장을 했다.

마황부를 혼자서 대적을 하여 승승장구했던 참마검객이 무림맹의 일원이 된다면, 천하 곳곳에서 숨을 죽이고 있는 수많은 방, 문파와 무림인들이 요원의 불길처럼 일어나 무림맹에 모여들 것이다.

보리옥불과 무림맹은 그것을 원하고 있었다.

운검문과 낙성장 사람들은 아연실색했다. 중천보주가 대체 어떤 존재이기에 보리옥불이 그토록 무림맹에 영입하려고 애를 쓴다는 말인가.

또한 중천보주 한 사람이 무림맹에 가담함으로써 마봉천과의 싸움에서 승산이 있을 것이라는 말인가.

"보주, 부탁하오. 아니, 간청하오."

그때 무궁신개와 개방오로가 그 자리에 무릎을 꿇고 호리를 향해 이마를 바닥에 댄 채 아예 부복을 했다.

"제발 무림맹에 가입해 주시오!"

무궁신개는 수많은 말을 하고 싶었으나 그것들을 뭉뚱그려서 단지 그렇게만 말했다.

하지만 그의 목소리가 너무도 절절하여 장내의 사람들은 그가 얼마나 간절한 심정인지를 여실히 알 수 있었다.

무궁신개는 그 말뿐, 그와 개방오로는 부복한 채 요지부동 꼼짝도 하지 않았다. 마치 허락을 해야만 일어나겠다는 뜻인 것 같았다.

현기무는 설마 무궁신개와 개방오로 같은 명숙들이 중천보주에게 부복까지 할 줄은 전혀 예상하지 못했었다.

'대체 중천보주가 누구기에……'

그래서 중천보주에 대한 궁금증만 먹장구름처럼 짙어갈 뿐이었다.

그때 호리가 앉은 자리에서 무궁신개 등을 굽어보며 조용히 입을 열었다.

"나는 무림의 일에 관심이 없소."

사실상 거절이었다.

부복하고 있는 무궁신개의 몸이 가볍게 움찔 떨렸다.

그렇지만 이 정도로 물러날 무궁신개가 아니다. 그는 중천보에 오기 전에 수없이 각오를 다졌었다.

"관심이 없다면 그동안 무엇 때문에 마황부와 그토록 치열하게 싸웠던 것이오?"

"당신은 그것까지 알 필요가 없소."

무궁신개는 자신이 호리와 어렵게 쌓은 친분이 지금 금이 가려고 하는 것을 느꼈다.

호리에게 개인적인 호감을 갖고 있는 것은 사실이지만, 무림맹을 위해서라면 호감 따위는 과감히 내던질 수 있었다.

"나는 꼭 알아야겠소이다. 말해주시오."

"고집 부리지 마시오."

"보주는 천하 무림에서 유일하게 마황부와 대적하고 있는 사람이오. 그 이유가 의협이 아니라면 대체 뭐겠소?"

무궁신개는 고개를 들지 않았다. 그는 자신이 억지를 부리고 있다는 것을 잘 알고 있었다.

그렇지만 이 상황에서 억지를 부리지 않으면 일을 성사시킬 수가 없었다.

그래서 억지를 부리고 있는 상황에서 호리의 얼굴을 쳐다볼 자신이 없었다.

현기무는 극도로 긴장하여 뚫어지게 호리를 주시하고 있었다.

방금 무궁신개의 말을 듣는 순간, 그는 반사적으로 한 사람을 떠올렸다.

참마검객이었다.

오직 그만이 당금 무림에서 마황부에 대적하고 있기 때문이었다.

중천보주가 참마검객일지도 모른다는 생각을 하자 현기무는 여태껏 품고 있던 의문들이 한순간에 모두 이해되는 것을 느낄 수 있었다.

"후후… 의협이라고?"

문득 호리가 고졸한 미소를 머금었다.

"방주, 대체 무엇이 의협이오?"

"의협이란……."

호리가 무궁신개의 말을 잘랐다.

"원래 의협이란 존재하지 않소. 세상에, 그리고 인생에는 두 가지만이 있을 뿐이오. 삶과 죽음이 그것이오."

뼈가 있는 말이었다.

모두들 호리를 주시했고, 무궁신개도 부지중 고개를 들어 그를 쳐다보았다.

호리는 더없이 강인한 표정으로 힘주어 말했다.

"당신들은 의협을 행하시오. 나는 살아남겠소."

저벅저벅…….

이어서 그는 단상에서 내려가 무궁신개 옆을 스쳐 지나 대전 한복판을 성큼성큼 걸어갔다.

그리고 가려와 혁련천풍 남매, 은초와 철웅, 세 당주가 그 뒤를 따랐다.

무궁신개가 벌떡 일어나 호리의 등에 대고 나직이 외쳤다.

"보주! 당신은 태산을 부술 만한 능력을 지니고 있지만 완두콩만 한 심장을 가졌구려! 마봉천과 대적하려는 것이 겁이 나는 것이오?"

호리가 걸음을 뚝 멈추었다.

그러나 그가 입을 열기 전에 현기무가 무궁신개를 보면서 준열히 꾸짖었다.

"방주께서는 그런 말씀을 할 자격이 없습니다!"

무궁신개가 와락 인상을 쓰며 쳐다보자 현기무는 싸늘하게 말을 이었다.

"오늘날 중원무림이 이 지경이 된 것은 순전히 무림삼황과 그 세력 아래에서 기세를 떨쳤던 구파일방. 그리고 소위 명문대파들 탓입니다! 후배의 말이 틀렸습니까?"

"음……"

무궁신개는 나직한 신음을 흘릴 뿐 대꾸하지 못했다. 그의 말이 맞기 때문이다.

"무림삼황과 구파일방, 그리고 명문대파들이 제대로 했다면 이런 난국을 맞이했겠습니까? 아니, 구파일방과 명문대파들이 합심을 하여 애초부터 무림오황이라는 것이 생겨나지 못하게 했다면, 지금의 천하는 태평성대를 구가하고 있을 것입니다!"

한마디 한마디가 예리한 비수가 되어 무궁신개와 개방오로의 온몸을 난도질해 댔다.

대전에 잠시 침묵이 흘렀다. 그 침묵을 깨고 호리가 무궁신개를 돌아보면서 나직이 중얼거렸다.

"용에게 여의주가 소중하듯이 말똥구리에겐 말똥이 소중한 법이오. 보리옥불은 용이고, 나는 말똥구리외다. 그러니 나는 말똥을 찾는 일에만 전념할 것이오."

저벅저벅……

호리가 몸을 돌려 대전 입구로 걸어가는 것을 뻔히 보면서도 무궁신개는 뭐라고 입을 열지 못했다.

"보… 보주!"

그때 여태 있는 듯 없는 듯 한쪽 구석에서 눈치만 살피고 있던 낙성장주가 구르듯이 호리에게 달려오며 외쳤다.

혁련천풍 남매가 앞으로 썩 나서면서 낙성장주를 가로막았다.

"물러나라!"

두 사람의 외침에 대전이 쩌르르 떨어 울렸다.

털썩!

"보주! 소원이 있습니다!"

낙성장주는 그 자리에 엎어지듯이 무릎을 꿇고 혁련천풍

남매 너머에 우뚝 서 있는 호리를 우러러보았다.
"무엇이오?"
낙성장주는 몹시 흥분한 표정으로 두서없이 입을 열었다.
"저는… 방윤(方潤)이라고 하는데… 복산현에서도 수십 리나 떨어진 외진 마을에 낙성장이라는 조그만 소방파… 아니, 소방파라고 할 것도 없는… 그저 무도관 수준의 장을 갖고 있는 사람입니다……."
그는 너무 땀을 흘리고 더듬거려서 무슨 말을 하는지 종잡을 수가 없었다.
그런데도 호리는 참을성있게 그의 다음 말을 기다려 주었다.
낙성장주 방윤은 혹시 호리가 화를 내거나 대전을 나가 버리지는 않을까 노심초사하는 표정으로 그를 보다가 급히 말을 이었다.
"거두절미하고 말씀드리겠습니다……! 저를… 아… 아니, 낙성장을 거두어주십시오! 제발… 소원입니다……!"
모두들 어이없는 표정을 지었다. 그러나 호리만은 진지한 표정으로 혁련천풍 남매를 물러나게 한 후 방윤에게 다가가 손수 그를 일으켜 주었다.
오십여 세 초로의 나이인 방윤은 체격도 용모도 그저 평범하기 짝이 없는 모습이었다. 더구나 그가 지닌 기개나 실력은 그보다 더 형편없었다.
방윤의 자글자글 주름진 뺨에 눈물이 흘러내렸다. 초조하면서도 간곡한 심정이 그의 눈 안에만 가득했다.

호리는 그의 눈빛에서 진심을 읽었다. 그가 그저 못 먹는 감 찔러나 보자는 에멜무지로 이런 말을 하는 것이 아니라고 판단했다.

호리는 그를 일으키느라 한 손으로 그의 손을 잡았는데, 그는 아예 두 손으로 호리의 손을 덥석 감싸 잡으면서 절절하게 말했다.

"저는 욕심도 야심도 없습니다……! 그저 제가 데리고 있는 칠십여 명의 수하들을 제대로 건사할 수만 있다면… 그것으로 만족합니다… 그런데 저는 그럴 능력이 없습니다… 보주! 부디 저를… 아니, 낙성장을 거두어주십시오……!"

어느새 낙성장의 열 명의 수하들이 방윤의 뒤에 나란히 무릎을 꿇은 채 이마를 바닥에 대고 있었다.

낙성장 같은 촌구석의 소방파를 괴롭히거나 병합시키려는 방, 문파들은 수없이 많다.

아마도 방윤은 이날까지 낙성장을 지켜오느라 모진 고생을 한 모양이었다.

그리고 그것이 한계에 도달했음을 스스로 절감한 듯했다.

호리는 이미 방파를 세웠고, 구사문을 수하로 받아들였다.

방윤과 그 수하들의 진심을 보았으니 그들을 받아들이지 못할 까닭이 없었다.

"우보주."

호리의 조용한 부름에 은초는 이미 그의 내심을 간파했다.
은초는 호리의 옆으로 썩 나서서 방윤을 보며 싱긋 미소를 지었다.
"노인네가 사람 보는 눈이 좋구먼. 따라오게."
순간 방윤과 낙성장 사람들의 얼굴이 환하게 밝아졌다.
호리가 대전 입구로 걸음을 옮기자 은초와 철웅이 뒤따르고, 가려와 혁련천풍 남매가 후미와 좌우에서 호위를 하며, 방윤을 위시한 낙성장 사람들이 발걸음도 가볍게 맨 뒤에서 따라갔다.
그 광경을 보면서 착잡한 표정을 짓는 두 사람이 있었다.
무궁신개와 현기무였다.
두 사람은 아까 호리가 했던 말뜻을 너무도 잘 알고 있다.
여의주와 말똥의 비유.
두 사람은 낙성장주 방윤이 부러웠다.
무궁신개는 자신의 요구가 방윤처럼 저렇게 쉽게 받아들여졌으면 얼마나 좋을까 생각했다.
현기무는 지금 이 순간 처음으로 운검문이 거추장스럽다는 생각을 했다.
자신 혼자뿐이라면 모든 것을 훌훌 털어버리고 호리 같은 인물과 함께하고 싶었다.
호리 일행이 대전을 나가자 무궁신개는 짓씹는 듯한 중얼거림을 흘렸다.

"말똥이라니……."
현기무는 진한 호기심을 느꼈다.
'과연 그의 말똥은 무엇일까?'

第七十七章
사랑 그리고 사랑

一擲賭乾坤

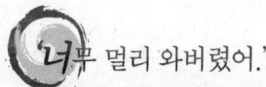 멀리 와버렸어.'

사도빙은 창밖을 굽어보면서 속으로 중얼거렸다.

그녀는 이미 반 시진째 창 앞에 서서 어두운 정원을 굽어보고 있는 중이었다.

그녀의 얼굴은 온통 호리를 향한 그리움과 보고픔으로 물들어 있었다.

단봉군주 가려가 다녀간 지 이십여 일이 지났다. 지금쯤 가려는 호리에게 도착했을 것이나.

생각이 거기에 미치자 사도빙은 가려가 부러워서 견딜 수가 없었다.

가려의 말에 의하면 그녀는 이제 호리의 그림자 같은 존재가 됐다고 했다.
 사도빙은 이미 반년이 넘게 호리와 떨어져 있었다.
 곧 돌아올게, 하고 호리궁을 떠났었는데 어느덧 반년이 훌쩍 흘러 버린 것이었다.
 가려는 그동안 호리가 했던 일들과 그의 주변에서 벌어진 일들을 사소한 것까지 하나도 빠짐없이 사도빙에게 설명을 해주었다.
 이야기를 듣는 동안만큼은 사도빙은 호리를 마치 곁에 있는 것처럼 가깝게 느낄 수가 있었다.
 그러나 가려는 사건 위주로만 이야기를 해서 사도빙을 감질나게 만들었다.
 사도빙이 원하는 것은 사건이 아니라 호리의 개인적이고 일상적인 생활 전반에 걸친 이야기인 것이다. 그렇게 해서라도 그를 생생하게 느끼고 싶기 때문이었다.
 그리고 사도빙 자신이 호리를 애타게 그리워하듯이 호리도 과연 그런가, 라는 것이 궁금했다.
 물론 그럴 것이라고 철석같이 믿고 있지만, 가려의 입을 통해서 그것을 백번 천 번이라도 확인하고 싶었다.
 '호리……'
 사도빙은 누가 들을까 봐 그의 이름을 입 밖으로 흘려내지도 못하고 입속으로만 중얼거렸다.

지금처럼 한 번 그를 그리워하기 시작하면 흡사 열병이라도 걸린 것처럼 고독이 사무치고, 보고픔이 넘쳐흘러서 미칠 지경이 된다는 것을 알면서도 그녀는 다시금 그를 그리워하고 있었다.

어쩌면 사도빙은 그리움과 보고픔을 기꺼이 즐기고 있는지도 몰랐다.

호리를 그리워하지도 않고 보고파하지도 않으면 그와의 가느다란 인연의 줄이 아예 끊어져 버릴 것만 같았다.

그리고 절절한 그리움과 보고픔에 빠져 있는 동안만큼은 마치 술에 흠뻑 취한 듯한 몽연함 속에서 호리와 함께 있는 것 같은 착각에 종종 빠져들곤 했었다.

마봉천은 천하 무림의 육 할을 장악했다. 이제 나머지 사 할만 거머쥐면 된다.

그럼 마랑군을 제거하고, 천하 위에 올라선 후에 호리를 만나러 가는 것이다.

'그에게 천하를 줄 거야.'

그녀는 천하 무림을 제패하려는 야욕을 언젠가부터 '호리를 위한 선물'로 미화시키고 있었다.

슥!

그녀는 탁자에 놓여 있는 술호로병을 집이 들어 입으로 가져갔다.

하지만 술이 없었다. 그녀는 술호로병을 탁자에 놓으며 중얼거리듯이 말했다.

"술."

그러자 다섯 호흡쯤 지났을 때 추공과 홍엽, 즉 추홍쌍신이 방문 안으로 들어섰다.

홍엽은 쟁반을 들고 있는데 그 위에는 세 개의 술호로병이 놓여 있었다.

사도빙은 홍엽이 술호로병을 탁자에 내려놓으려고 할 때 이미 한 병을 집어 들어 입으로 가져가고 있었다.

"크으……."

독한 황주가 목을 타고 내려가자 그녀는 술꾼처럼 얼굴을 찌푸리며 손등으로 입술을 문질렀다.

황주의 지독한 주향이 추홍쌍신에게까지 확 끼쳤다.

예전에 사도빙은 술을 그다지 좋아하지 않았었다. 경치를 감상할 때에 흥취를 돋우기 위해서 한두 잔 마시는 것이 고작이었다.

그것도 최고급 미주나 이름난 명주가 아니면 아예 입에 대지도 않았었다.

그런 그녀가 실종된 지 넉 달여 만에 돌아와서 제일 먼저 한 일은 홍엽에게 술을 가져오라고 한 것이었다.

홍엽은 당연히 최고급 미주를 최상의 요리와 함께 사도빙 앞에 차려주었다.

사도빙은 술을 한 모금 마셔보더니 이내 아미를 찡그리며 손을 내저었다.

"황주를 가져와."

그때부터 그녀는 줄곧 황주를 마셔왔다. 일이 바빠서 술 마실 틈이 나지 않는 날에도 하루 두 근 이상의 황주를 매일같이 마셨다.

꿀꺽꿀꺽……

사도빙은 다시 술호로병을 입에 대고 고개를 뒤로 젖힌 채 숨도 쉬지 않고 한동안 술을 마셨다.

술이 그녀의 붉은 입술 사이로 흘러나와 더할 나위 없이 희고 고운 턱과 목선을 타고 앞섶을 적셨지만 그녀는 아랑곳하지 않았다.

그런 모습은 호리가 술을 마시던 모습을 영락없이 빼다 박았지만 추홍쌍신은 그런 사실을 알 리가 없었다.

"크으……"

사도빙은 두 모금에 깨끗이 비운 술호로병을 내밀고 새 술호로병을 집어 들었다.

추홍쌍신은 그녀가 또 호리를 그리워하고 있다는 사실을 어렵지 않게 짐작할 수 있었다.

세 모금째의 술을 마시고 난 사도빙은 아미를 몹시 찡그렸으며 입술을 꼬옥 깨물었다.

추홍쌍신은 그녀가 그러는 것이 술이 독해서가 아니라는 사실을 알고 있었다.

"미치겠어……."

문득 사도빙의 입술 사이로 애간장을 끊는 듯한 중얼거림이 흘러나왔다.

넉 달여 만에 다시 돌아온 사도빙은 그 누구에게도 그동안 자신이 어디에서 무엇을 했는지에 대해서 일체 입을 열지 않았었다.

그녀가 가장 믿고 의지하는 측근인 추홍쌍신에게조차 입도 벙긋하지 않았다.

그렇지만 추홍쌍신은 수많은 추측 중에서 단 한 가지 사실에 대해서만큼은 확신을 할 수 있었다.

사도빙이 호리를 목숨보다 더 사랑하고 있다는 사실이었다.

얼마 전에 가려가 돌아와 사도빙에게 보고를 하는 자리에 추홍쌍신도 함께 있었다.

어쩐 일인지 사도빙은 그날따라 두 사람을 물러가라고 하지 않고 자리에 함께했다.

그때 추홍쌍신은 똑똑히 보았었다.

사도빙은 가려의 설명을 듣는 동안 수없이 희비가 교차하는 모습을 보였었다.

소리 내어 깔깔 웃기도 하다가 몹시 슬픈 얼굴로 한숨을 내쉬기도 했었다.

심지어 어떤 대목에서는 절망적인 표정을 짓기도 해서 추홍쌍신과 가려를 경악하게 만들었다.

사도빙이 보여주는 그런 모습들은 호리를 사랑하지 않고서는 있을 수 없는 일이었다.

"나……."

사도빙이 술호로병을 입에서 떼고 한동안 창밖을 바라보다가 입술을 떼었다.

"그가 보고 싶어서 숨이 끊어질 것만 같아……."

그렇게 말하는 사도빙의 커다란 두 눈에 눈물이 가득 고였다.

추홍쌍신은 가슴이 철렁 내려앉았다. 사도빙이 호리에 대해서 직접 언급을 하고, 또 이런 투의 말을 하는 것은 처음 있는 일이었다.

더구나 사도빙이 태어날 때부터 곁에서 지켜봐 온 두 사람은 그녀가 철이 든 이후에 우는 모습을 지금 처음으로 보는 것이었다.

"궁주……."

홍엽은 가슴이 찢어지는 듯한 표정으로 입술을 떨면서 중얼거렸다.

그녀는 이미 얼굴이 눈물범벅이었다. 사도빙은 그리움에 울지만, 그녀는 안타까움에 울었다.

사도빙이 홍엽을 돌아보았다. 두 눈에 찰랑찰랑 고인 눈물이 톡 건드리기만 해도 쏟아질 것만 같았다.

"아지(阿之:유모의 높은 말)……."

'아지'는 사도빙이 봉황궁주에 등극하기 전까지 홍엽을 부르던 호칭이었다.

사도빙에게 젖을 먹이던 유모는 따로 있었지만, 그녀를 품에 안고 키운 사람은 홍엽이었다.

홍엽은 몇 년 만에 '아지'라는 호칭을 듣고 기쁘기보다는 사도빙이 그만큼 힘들어한다는 사실을 깨닫고 가슴이 아려왔다.

"아지… 나는 어떻게 하면 좋아……."

홍엽을 돌아보며 이미 울먹이고 있는 사도빙의 백옥 같은 뺨으로 눈물이 또르르 흘러내렸다.

사도빙은 쓰러지듯이 얼굴을 홍엽의 가슴에 묻었다.

"나, 나는… 그를 못 보면 죽을 것만 같아……."

홍엽은 온몸을 떨면서 오열하는 사도빙을 부드럽게 안고서 그녀보다 더 슬프게 흐느꼈다.

추공은 딸 같은 사도빙과 아내 같은 홍엽이 우는 모습을 보면서 지그시 어금니를 악물었다.

* * *

가려는 호선이 부친의 병환이 위중하여 곁을 떠나지 못한다고 호리에게 둘러댔다.

호리는 원래 무뚝뚝한 성격이라서 호선이 어떻더냐고 이것저것 묻지 않았다.

그런 호리의 성격을 잘 알고 있는 가려는 호선의 근황에 대해서, 그리고 그녀가 얼마나 호리를 보고 싶어하고 그리워하는지를 누누이 설명해 주었다.

그렇지만 가려는 자신이 아무리 자세히 설명을 해주어도 호리가 알고 싶어하는 것의 일 할에도 미치지 못한다는 사실을 잘 알고 있었다.

더 이상 할 얘기가 없는 가려는 입을 다물었고, 호리는 굳은 얼굴로 일어서서 창밖을 내다보았다.

탁자 맞은편에 앉은 가려는 그런 호리를 보면서 씁쓸한 얼굴로 입을 열었다.

"어쩌면 두 사람이 그렇게도 똑같은가요?"

"뭐가?"

호리가 가려를 쳐다보자 그녀는 입술을 삐죽거렸다. 얄밉다는 뜻이었다.

"제가 보주의 근황에 대해서 호선에게 설명을 하고 나니까 그녀는 지금 보주처럼 아무 말도 하지 않고 오랫동안 창밖만 내다보고 있었어요. 서로를 그리워하는 표정도 똑같아요. 마치 두 사람이 헤어지기 전에 그렇게 하기로 약속이나 한 것처럼 말이에요."

"아픈 곳은 없었어?"

호리가 호선에 대해서 최초로 물었다.

"네."

그리고는 그것으로 끝이었다. 아프지 않으면 그것으로 족하다는 뜻이었다.

그래도 가려는 그가 무엇을 궁금하게 여기는지, 왜 그것을 묻지 않는 것인지 아는 듯 잠시 망설이다가 입을 열었다.

"그녀는 곧 죽을 것 같았어요."

"왜?"

순간 호리는 몸을 홱 돌려 가려에게 바짝 다가들며 크게 놀란 얼굴로 물었다.

"아프지 않다고 했잖아? 그런데 어째서 곧 죽는다는 거지? 응? 말해봐! 어서!"

그뿐만이 아니라 호리는 가려의 멱살을 움켜잡고 앞뒤로 거칠게 흔들면서 언성을 높였다.

"아파요!"

순간 가려가 뾰족하게 외쳤다.

그러나 그녀는 사실 아프지 않았다. 진짜 아픈 곳은 멱살이 아니라 마음이었다.

호리는 즉시 손을 놓고 한 걸음 물러났다.

가려는 호리를 하얗게 흘겨보았다.

그 자태가 너무도 곱고 요염해서 호리는 잠시 멍한 얼굴로 그녀를 바라보았다.

총호법이 보주를 흘겨볼 수는 없는 일이었다. 하지만 지금 그녀는 총호법이 아니라 한 명의 여자일 뿐이었다.

그것도 질투 때문에 이성이 흐려지려고 하는 여자였다.

"말해봐. 호선이 왜 곧 죽을 것 같다는 것이지?"

호리는 가려가 아픈지, 질투를 하든지 조금도 개의치 않고 집요하게 물었다.

가려는 자신이 호선을 보고 느꼈던 이 마지막 부분을 말해 주고 싶지 않다고 순간적으로 갈등했다.

자신이 사랑하고 있는 남자에게, 그가 사랑하는 여자가 얼마나 그를 사랑하고 있는지를 말해야 하기 때문이었다.

그렇지만 가려는 알고 있다.

상처를 주는 것이 사랑이라면, 그것을 치료해 주는 것도 사랑이라는 사실을.

"당신이 너무 보고 싶어서… 그래서 죽을 것처럼 견디기가 힘들다는군요."

"그런……."

호리는 어이없다는 표정을 지었다가 곧 안도의 표정을 지었다. 그렇지만 그 표정은 곧 흐뭇함으로 바뀌었다.

이상한 일이었다. 호선이 그렇게 힘들다는데 호리는 기분이 좋았다.

그녀가 힘들어하는 이유가 호리 자신을 그리워하기 때문이고, 그만큼 사랑하고 있다는 증거이기 때문이었다.

"당신도 그녀만큼 힘든가요?"

가려는 두 번째로 호리를 '당신'이라고 호칭했다. 그녀의 작은 반란이었다.

그렇게 해서라도 지금의 이 질투심과 배신감을 보상받고 싶은 것이었다.

하지만 그것은 그녀의 오산이었다.

"응, 나도 그래."

호리가 고개를 끄덕이며 자신도 호선처럼 그녀가 보고 싶어서 죽을 것 같다고 시인을 하자 가려는 보상을 받는 대신에 절망에 빠지고 말았다.

"저기……."

이대로 물러난다면 가려는 질투심과 소외감 때문에 오늘 밤을 하얗게 샐 것이고, 지금보다 더 큰 절망에 빠지게 될 것이다.

"당신, 그동안 나는 보고 싶지 않았나요?"

결국 그녀는 일을 저지르고 말았다.

호리는 멀뚱멀뚱 그녀를 쳐다볼 뿐 대답을 하지 않았다. 그녀의 물음을 해석하는 중이었다.

소륵…….

가려의 두 눈이 촉촉해졌다. 물어보지 말 것을, 괜히 나를 더 비참하게 만들어 버리고 말았어, 라고 후회했다.

슥—

그때 호리가 가려 앞으로 다가와서 두 손을 뻗어 그녀의 뺨을 감싸며 부드러운 미소를 지었다.

"보고 싶었다, 가려."

"……."

절망의 끝없는 나락으로 추락하던 그녀의 머리 위에서 밧줄 하나가 드리워졌다.

"호선만 보고 싶었겠느냐? 너도 내게는 소중한 사람이다."

"아……."

극과 극은 서로 통한다고 했던가. 방금까지만 해도 절망으로 떨어지던 가려는 잠깐 사이에 더할 수 없는 희열을 맛보고 있었다.

"으앙!"

봉황궁 단봉천기군의 우두머리인 가려는 어린아이처럼 울음을 터뜨리면서 서 있는 호리의 허리를 끌어안고 그의 가슴에 얼굴을 묻었다.

그녀는 아무 말 없이 호리의 품에 얼굴을 묻은 채 작게 몸을 떨면서 울기만 했다.

호리는 물끄러미 그녀를 굽어보았다. 그는 무뚝뚝한 성격이기는 해도 바보가 아니다.

그러므로 가려의 지금 행동이 무엇을 뜻하는지 어렴풋이나마 짐작할 수 있었다.

장담은 할 수 없지만, 아마도 그녀가 자신을 이성으로 좋아하는 것이라고 생각했다.

 호선은 호리와 넉 달 남짓 함께 생활했었고, 가려는 호리와 반 년 넘게 생활을 했다.

 함께 생활한 기간의 길고 짧음을 놓고 정이나 사랑이 깊고 얕은 것을 논할 수는 없는 일이다.

 하지만 가려는 호선 못지않게 호리와 친밀한 관계였다. 어떤 면에서는 가려가 호선보다 더 호리와 밀접한 사이였다고 말할 수도 있다.

 그 사실을 호리는 지금 깨닫고 있었다. 그는 방금 거짓말을 하지 않았다.

 어느덧 가려는 그에게 소중한 사람이 되어 있었다. 하지만 그것은 '사랑'이라는 감정이 없는 상태에서의 소중함이라는 뜻이었다.

 호리는 손을 들어 가려의 머리를 부드럽게 쓰다듬는 것으로 그녀에 대한 자신의 마음을 대신했다.

 중천각 일층 넓은 대전의 단상 아래에 한 사람이 태사의를 향해 무릎을 꿇고 앉아 있었고, 그 뒤에 다섯 명이 나란히 서 있었다.

 무릎을 꿇은 사람은 무궁신개고, 뒤에 서 있는 다섯 명은 개방오로였다.

무궁신개는 오늘 정오 무렵에 호리에게 무림맹에 와달라고 부탁을 했다가 거절을 당한 이후 지금까지 이 자리를 떠나지 않은 채 무릎을 꿇고 있는 중이다.

호리가 허락을 하기 전에는 일어나지 않겠다고 선언을 했었는데, 지금껏 호리는커녕 그의 측근 중에 한 명도 이곳에 와보지를 않았다.

지금은 자정이 다 되어가고 있으므로 그는 꼬박 여섯 시진째 무릎을 꿇고 있었다.

"방주, 틀렸소이다. 이제 그만 하시고 돌아갑시다."

이윽고 개방오로의 첫째인 대홍노개가 오랜 침묵을 깨며 입을 열었다.

"그렇습니다, 방주. 중천보주는 측근들과 술을 마시고 있는 것 같습니다. 그런데도 방주께서 계속 이러고 계신 것은 무의미합니다."

둘째 이엽정개도 거들었다.

무궁신개는 호리가 대전을 나가는 순간에 이미 자신의 요구가 관철되기 어렵다는 사실을 깨달았었다.

그런데도 그가 고집스럽게 계속 무릎을 꿇고 있었던 것은 어떻게 하면 호리를 중천보에서 끌어낼 것인가를 궁리하기 위해서였으며, 결국 한 가지 결단을 내렸다.

결단은 이미 두 시진 전에 내렸었다. 그런데도 그가 두 시진이나 더 무릎을 꿇고 있었던 이유는 호리에 대한 마지막 예의였다.
 어쩌면 그의 결단이 호리에게 막대한 피해를 끼칠지도 모르기 때문이었다.

第七十八章
지난밤에 생긴 일

一擲賭者 乾坤

중천각 삼층 연회실에는 호리와 그의 측근들이 모두 모여 한창 술을 마시고 있었다.

그 자리에는 오늘 중천보의 제 삼당주로 임명된 낙성장주 방윤도 끼어 있었다.

은초는 방윤을 삼당주로, 낙성장 칠십여 명의 수하들을 삼당의 휘하로 받아들였다.

두 시진 전부터 주연이 베풀어졌기 때문에 모두들 거나하게 취한 상태였다.

처음에 좌우호법인 혁련천풍 남매는 언제나 그랬던 것처럼 호리의 뒤에 나란히 서 있었다.

그러나 호리는 두 사람에게 자리에 앉아서 함께 술을 마시도록 명령을 했다.

두 사람은 보주의 명령이라서 하는 수 없이 주석에 동참을 했는데, 지금은 거나하게 취한 상태가 되었다.

총호법인 가려는 어쩐 일인지 처음부터 호리의 왼쪽에 착 자리를 잡고 앉았다.

원래 호리의 좌우에는 좌우보주인 철웅과 은초가 앉아야 하는데, 가려 때문에 철웅이 한 칸 밀려나 앉았다.

그러나 부끄러움이 많은 철웅은 절색의 미녀인 가려가 자신의 옆에 앉았다는 사실만으로 고개를 들지 못하고 쩔쩔매더니 술이 거나하게 취한 지금은 제법 웃기지 않는 농담도 할 정도가 되었다.

호리는 그것으로 만족하지 않고 밖에서 호위 중인 비선과 삼봉, 십봉도 불러들였다.

세 여자는 절대 그럴 수 없다고 극구 사양을 했지만, 가려가 자리에 앉아서 술을 마시도록 명령을 하여 결국 합석을 할 수밖에 없었다.

혁련천풍 남매나 비선, 삼봉, 십봉 등 다섯 명은 만약 술을 마시라고 명령하지 않았으면 몹시 서운해했을 정도로 술을 잘 마셨고 취기가 도도해졌다.

호리는 상하가 격의없이 서로 한데 어울려 즐겁게 먹고 마시면서 대화하는 것을 좋아했다.

그때 새로 삼당주에 임명된 방윤이 은초를 보면서 기대 어린 표정으로 물었다.

"우보주님, 이제부터는 속하들도 그런 검법을 배울 수 있는 것입니까?"

"무슨 검법?"

"오늘… 개파식에서 중천보 무사들이 시범을 보였던 그 검법 말입니다. 굉장한 검법과 도법이더군요!"

방윤은 침을 튀기면서 감탄을 터뜨렸다.

"아! 그거? 암! 자네들도 이제 우리 식구가 됐으니 당연히 가르쳐 줘야지!"

은초가 상체를 뒤로 젖히고 고개를 끄덕이자 방윤의 입이 찢어져서 귀에 걸렸다. 그는 벌떡 일어나서 이마가 탁자에 닿을 정도로 허리를 굽혔다.

"가, 감사합니다! 우보주님!"

"음! 자네 휘하의 삼당이 일당과 이당을 따라잡으려면 열심히 연마해야 할 게야."

은초는 조금 전보다 더 거만하게 고개를 끄덕였다. 이즈음 그는 우보주로서의 틀이 딱 잡혀 있었다. 적당한 위엄과 거만함, 그리고 자비로움까지.

방윤은 거듭 허리를 굽혔다.

"목숨을 바쳐서 열심히 하겠습니다!"

은초는 생각난 듯이 왕사를 쳐다보며 게슴츠레한 얼굴로

물었다.

"총당주, 무공에 진전은 있느냐?"

거나하게 취한 왕사지만 은초의 말에 벌떡 일어나 공손하게 대답했다.

"네, 백조비무격과 비전도법은 완전히 연마했습니다. 그런데 봉황등천권은 아직 칠성 정도 수준입니다."

은초는 흡족하게 고개를 끄덕였다.

"음, 좋아."

그는 흑사와 예사를 쳐다보았다.

"너희는 어떠냐?"

두 사람은 기다렸다는 듯이 일어나 공손히 대답했다.

"백조비무격은 완벽하게 익혔으나 비전검법은 팔성, 봉황등천권은 오성 정도 수준입니다."

"백조비무격은 완성했는데 비전검법은 칠성, 봉황등천권은 사성 정도 익혔습니다."

백조비무격은 호리의 아버지인 조항유의 권각법이다. 그러니 다들 쉽게 익힐 수 있었을 것이다.

그렇지만 비전검법과 봉황등천권은 봉황궁의 가전절학이다. 반년 만에 완성했다면 오히려 그것이 이상한 일이다.

왕사와 흑사, 예사는 보법인 산영보와 경공인 무풍신에 대해서도 성취도를 말하고는 자리에 앉았다.

그들의 성취는 아직 미미해서 이성이나 삼성에 머물러 있는 상태였다.

하지만 산영보와 무풍신은 가려와 비선 등이 연성하여 강호를 주름잡고 있는 무공인만큼 왕사 등이 불과 이삼성을 익힌 정도에 불과하지만, 여타 보법이나 경공술하고는 비교가 되지 않을 정도로 탁월한 실력을 발휘했다.

삼당주 방윤은 자신과 수하들이 그 무공들을 모두 배우게 될 것이라는 사실을 은초에게서 듣고는 까무러칠 만큼 기뻐서 어쩔 줄을 몰랐다.

현재 은초와 철웅은 비전검법과 비전도법, 백조비무격, 봉황등천권을 거의 완벽하게 익힌 수준이고, 산영보와 무풍신은 육칠성 정도 이룬 상태였다.

"보주, 한 말씀 하시지요."

은초가 생각에 잠겨 묵묵히 술만 마시고 있는 호리를 보며 넌지시 권했다.

호리는 마시던 술잔을 비우고 느긋한 동작으로 좌중을 쓸어본 후에 입을 열었다.

"무공의 완성이란 없다. 연마하고 또 연마하도록."

짧은 말이지만 호리의 말에 방금까지 들뜬 분위기였던 좌중이 착 가라앉았다.

"저… 보주."

예사가 몹시 조심스럽게 호리를 쳐다보았다.

"십이성까지 연성한 무공이라면 더 이상 연마하지 않아도 되는 것이 아니겠습니까?"

호리는 철웅을 쳐다보았다.

철웅은 술만 마시다가 호리의 시선을 받고 움찔했다.

"왜……?"

은초가 호리의 의중을 간파하고 철웅에게 귀띔을 해주었다.

"좌보주, 이당주와 백조비무격만으로 한 수 겨루어보게."

"그러지."

철웅이 술잔을 놓고 묵직하게 일어서자 예사가 질겁하여 두 손을 마구 내저었다.

"아, 안 됩니다! 속하가 어찌 좌보주의 상대가 되겠습니까?"

은초는 엷은 미소를 흘렸다.

"너와 좌보주는 똑같이 백조비무격을 십이성까지 연성했으니 비슷한 실력일 것 아니겠느냐?"

"아……!"

예사는 크게 깨닫는 표정을 지었다.

은초는 호리를 가리켰다.

"보주께서도 백조비무격을 십이성 연성하셨다. 너의 말대로라면 너와 좌보주, 보주의 백조비무격이 모두 비슷한 수준이어야 한다."

예사는 공손히 허리를 굽혔다.

"속하가 우둔하여 이제야 깨달았습니다. 똑같이 십이성 연성을 했더라도 공력과 연마한 기간, 숙련도에 따라서 차이가 난다는 말씀이군요."

은초는 고개를 끄덕였다.

"그렇다. 똑같은 공력을 지닌 두 사람이라고 해도 그 초식을 얼마나 오랫동안, 그리고 얼마나 깊이 있게 연마했느냐에 따라서 성취도가 차이가 나는 법이다."

은초는 제 스스로 생각해도 너무 멋진 말이라는 생각이 들었는지 흡족한 미소를 지었다.

은초와 철웅, 네 명의 당주와 비선 등은 거처로 돌아가고 이제 주석에는 호리와 가려, 혁련천풍과 혁련상예 네 명만 남아 있었다.

술자리의 처음부터 지금껏 이들이 마시고 있는 술은 당연히 황주였다.

호리와 오랫동안 함께 생활을 해온 이들은 하나같이 황주에 길이 들어 있어서 독한 술을 물 마시듯 했다.

모두들 술을 마시면서 공력을 사용하지 않았기 때문에 상당히 취한 상태였다.

평소 주량은 호리와 혁련천풍이 제일 셌는데, 두 사람도 오늘만큼은 많이 취했다.

더구나 호리와 혁련천풍은 다른 사람들보다 서너 배 이상

지난밤에 생긴 일 215

많이 마셨기 때문에 거의 인사불성 상태가 되었다.

지금 술을 마시고 있는 사람은 호리 혼자뿐이었다.

다른 세 사람은 이미 많이 취했다고 생각하여 술잔에 손이 가지 않았다.

호리는 처음에 술을 마시기 시작할 때나 지금이나 거의 비슷한 속도로 마시고 있었다.

그가 술을 마시는 모습을 보면 결사적이었다. 마시지 않으면 죽기라도 하는 것처럼 마셔댔다.

가려는 그가 호선에 대한 그리움 때문에 폭음을 한다는 사실을 잘 알고 있었다.

혁련천풍 남매도 그럴 것이라고 짐작하고 있었다.

호리가 괴로워하는 모습을 지켜보는 가려와 혁련상예는 더 괴로운 표정이었다.

그리고 그런 가려를 보고 있어야 하는 혁련천풍의 마음도 몹시 괴로웠다.

쿵!

그때 호리가 얼굴을 탁자에 묻었다. 술을 이기지 못하고 결국 잠이 든 것이다.

"보주."

옆에 앉은 가려가 호리의 어깨를 흔들어봤지만 그는 깨어나지 않았다.

그녀가 조심스럽게 호리를 일으키자 혁련천풍이 물었다.

"어쩌려는 것이오?"

"방에 눕혀 드려야겠어요."

순간 혁련천풍은 혁련상예를 쳐다보았다. 그녀는 애잔한 표정으로 호리를 바라보고 있었다.

"총호법, 긴히 드릴 말씀이 있소."

혁련천풍은 벌떡 일어나 정중하게 말했다.

막 호리를 일으켜서 그의 팔을 자신의 어깨에 걸쳐 메던 가려는 그를 바라보았다.

"무슨 말이죠?"

"여기서는 곤란하오."

"나중에 해요."

가려는 호리의 팔을 어깨에 메고 그의 허리를 안고는 몸을 일으켰다.

"지금 해야 하오! 중요한 일이오!"

혁련천풍은 자신이 생각해도 놀랄 만큼 크게 외치면서 가려의 앞을 가로막았다.

가려는 가볍게 놀란 표정으로 그를 바라보았다. 그가 워낙 강경하게 나와서 무시를 할 수가 없었다.

그녀는 호리를 도로 탁자에 엎드리게 해놓고 방문 쪽으로 걸어가며 냉정하게 말했다.

"중요한 말이기를 바라요."

그녀는 똑바로 걷는다고 하는데 걸음이 약간 비틀거렸다.

그녀를 뒤따르는 혁련천풍의 걸음도 똑바르지는 않았다.

가려가 방문을 열 때, 혁련천풍은 재빠르게 뒤돌아보면서 혁련상예에게 호리를 턱짓으로 가리켜 보이며 전음을 보냈다.

"상예야, 네가 보주를 방으로 모셔라."

혁련상예의 눈이 커다래지고 얼굴에 놀라운 표정이 떠올랐을 때에는 이미 혁련천풍은 문밖에서 문을 닫고 있었다.

탁!

혁련상예는 얼굴에서 놀라움을 지우지 못한 채 호리를 바라보았다.

그녀는 혁련천풍의 말과 행동을 되새기면서 그의 의도가 무엇인지 생각해 보았다.

"아……!"

그리고는 오래지 않아서 그의 의도를 깨닫고는 나직한 탄성을 토해냈다.

몇 번 곱씹어서 생각해 봤지만 그것밖에는 없었다.

호리가 취했으니 그의 방으로 데리고 가서 동침을 하라는 뜻이었다.

그렇게 해서라도 그를 얻으라는 혁련천풍의 눈물겨운 배려인 것이다.

"무슨 말인데 여기까지 나와서 들어야 하는 거죠?"

가려의 말에는 가시가 돋아 있었다.

그럴 수밖에 없는 것이, 혁련천풍이 할 말이 있다면서 그녀를 중천각 밖 정원으로 이끌고 나온 것이었다.

"일단 앉으시오."

혁련천풍은 그녀 옆에 있는 나지막한 작은 바위를 가리켰다.

"괜찮아요. 어서 중요한 말이 무엇인지 해보세요."

그녀는 완고하게 거절하면서 호리가 있는 중천각 삼층을 올려다보았다.

"앉으라면 앉으시오."

혁련천풍은 바위를 가리키면서 약간 언성을 높였다.

그의 강경한 모습에 가려는 발끈했다가 곧 바위에 앉았다. 그가 이러는 모습을 처음 보기 때문에 필경 중요한 말을 하려는 것이라고 생각했다.

가려가 앉는 것을 본 후에야 혁련천풍은 맞은편 작은 바위에 앉았다.

사실은 너무 취한 상태로 계속 서 있자니 비틀거릴 것 같았기 때문에 앉자고 한 것이다.

"말을 들으려면 아직 더 기다려야 하나요?"

가려의 말투는 여전히 싸늘했다. 그녀는 평소에 혁련천풍을 좋게 봤었지만, 오늘 밤은 예외였다.

사실 그녀는 취한 호리를 방으로 데려가서 함께 자려는 결단을 내렸던 것이다.

호리가 스스로 가려를 안을 리는 없었다. 그러므로 오늘 밤이 그녀에게는 절호의 기회였다.

호리는 그녀가 모시는 상전의 정인(情人)이다. 그러므로 그녀는 호리를 사랑해서도 안 되고, 그의 여자가 되는 것은 더욱 안 될 일이다.

그것을 누구보다 잘 알고 있는 가려지만, 호리에게 향한 사랑은 뜨거운 불덩이를 가슴속에 품고 있는 것처럼 감추려고 하면 감출수록 그녀만 더 화상을 입을 뿐이었다.

그의 사랑을 받지 못하면 죽을 것만 같았다.

더구나 오늘 밤에 그녀는 이성이 반쯤 마비될 만큼 몹시 취한 상태다.

그녀가 호리의 여자가 되기로 결단을 내린 데에는 취기가 큰 몫을 했다.

호리를 자신의 남자로 만들지 못해도 상관이 없었다. 다만 하룻밤 풋사랑으로 온몸이 타버릴 것만 같은 가슴속의 불덩이를 끌 수만 있다면, 그것으로 족했다.

그렇지만 그녀는 자신과 똑같은 마음을 품고 있는 또 한 명의 여자가 있다는 사실까지는 알지 못했다.

"말을 하지 않으면 가겠어요."

아무리 기다려도 혁련천풍이 말을 하지 않자 인내심의 한계에 도달한 가려가 발딱 일어서며 쏘아붙였다.

"나는!"

그러자 혁련천풍도 벌떡 일어나 가려 앞에 우뚝 서서 힘주어 입을 열었다.

가려는 그가 붉게 충혈된 눈에, 목과 이마에 힘줄을 돋우면서 매우 비장한 표정을 지으며 말하자 가볍게 놀랐다.

혁련천풍은 이글이글 불타는 눈빛으로 가려를 똑바로 주시하며 한 자 한 자 또렷하게 말했다.

"나는 그대를 사랑하고 있소."

"……."

가려는 주먹으로 복부를 한 대 호되게 맞은 것 같은 표정을 지으며 혁련천풍을 바라보았다.

처음에 혁련천풍은 그저 혁련상예를 위해서 가려를 이곳으로 유인하는 것까지만 하려고 했었다.

그런데 가려가 자꾸만 중천각 삼층을 바라보면서 초조한 표정을 짓자 그녀의 의도를 간파했다. 그녀도 호리와 동침하려는 것이라고 판단한 것이다.

그래서 욱하는 심정으로 의도에도 없었던 자신의 심정을 고백하고 만 것이었다.

가려의 놀라움은 예상 밖으로 컸으며 또 오래갔다. 그녀는 누군가 자신을 좋아하거나 사랑하고 있으리라고는 추호도 생각해 본 적이 없었다.

한마디로 혁련천풍의 사랑 고백은 그녀에게 충격적이었다.

그렇지만 뭐라고 대답해야 할지 할 말을 찾을 수가 없었다.
"나는……."
가려가 놀라움을 삭이지 못한 채 말을 잇지 못하는 것과는 달리, 큰 짐을 벗어던진 혁련천풍은 조금 전보다 많이 용감해졌으며 침착해졌다.
"지금 대답을 들으려는 것이 아니오. 그대를 향한 내 마음이 그렇다는 사실만 알아주면 되오."
가려는 아까와는 달리 차분한 표정으로 그를 응시했다.
혁련천풍의 얼굴에는 진지함과 간곡함이 역력했다.
"지금 이 시간부터 부디 나를 잘 지켜봐 주시오. 내 사랑이 얼마나 절절한지, 그리고 내가 그대를 사랑할 만한 자격이 있는 사람인지 살펴보시오."
가려는 혁련천풍이 무척 남자답다는 생각이 들었다. 그녀는 새삼스러운 눈빛으로 그를 자세히 살펴보았다.
호리와는 달리 각진 윤곽에 귓가에 짙은 구레나룻을 길렀으며 열정으로 가득 찬 부리부리한 눈과 우뚝한 콧날, 두툼한 입술 등은 어디 내놓아도 빠지지 않는 호남이고 영웅의 모습이었다.
더구나 가려가 여태껏 지켜본 바에 의하면 혁련천풍은 짝을 찾기 어려울 정도의 정인군자다.
두 사람 사이에 꽤 오랫동안 침묵이 흘렀다.
혁련천풍은 가려를 똑바로 주시했고, 가려는 눈을 약간

내리깐 채 생각에 잠겼다. 혼란한 마음을 정리하려는 것이다.

"미안해요."

이윽고 가려는 침묵을 깨고 입을 열었다.

"내가 사랑하는 사람은 따로 있어요."

"그가 사랑하는 사람은 호선이라는 여자요. 그대는 호선의 친구가 아니오?"

문득 가려의 눈가에 쓸쓸한 기색이 스쳐 지나갔다.

"그래요. 그래서 나도 무척 괴로워요."

혁련천풍은 어떻게 친구의 남자를 사랑할 수 있느냐고 질책하지 않았다.

그런 잘못된 사랑을 하느니 나를 사랑하면 안 되겠느냐고도 하지 않았다.

바로 그런 것이 그의 정인군자다운 모습이었다.

"그래도 어쩔 수가 없군요. 장강의 물길을 바꿀 수 있을지언정 그에게 향한 내 마음을 바꿀 수는 없어요."

"기다리겠소."

가려가 단호한 거부의 뜻을 밝혔지만 혁련천풍은 개의치 않고 침착하게 말했다.

"그러지 말아요."

가려는 쓸쓸한 미소를 지었다.

혁련천풍은 빙그레 미소를 지었다.

"내게는 장강의 물길을 바꿀 만한 능력은 없지만, 사랑하는 여자를 죽을 때까지 기다릴 만한 인내심은 있소."

가려는 작게 감동하는 듯한 표정으로 그를 바라보았다.

그러면서 그녀는 생각했다. 만약 호리를 만나기 전에 혁련천풍을 만났더라면, 필경 그를 사랑했을 것이라고.

침상 옆에 서 있는 혁련상예는 침상에 반듯하게 눕혀져 있는 호리를 아련한 눈빛으로 굽어보고 있었다.

호리는 실오라기 하나 걸치지 않은 알몸이었다. 혁련상예가 그의 옷을 벗겨놓은 것이다.

그녀는 호리의 군더더기 하나 없는 조각상 같은 알몸을 눈부신 듯 바라보았다.

사륵—

이윽고 그녀는 자신의 옷을 벗기 시작했다. 옷이 바닥에 흘러내리자 백옥처럼 뽀얗고 늘씬한 나신이 드러났다. 그녀의 나신 때문에 여태 컴컴하던 실내에 부윰한 서기가 은은하게 뿌려지는 듯했다.

호리는 극도의 취기 때문에 아무것도 모른 채 깊은 잠에 빠져 있었다.

혁련상예는 바짝 긴장한 표정으로 조심스럽게 호리 곁에 그를 향해 옆으로 누웠다.

그렇게 한동안 있으면서 이대로 있어서는 아무것도 이루

어지지 않는다고 생각하여 마음을 다잡았다.

이제는 간절한 마음을 행동으로 옮길 때였다.

그녀는 조심스럽게 몸을 일으켜서 호리의 엉덩이 옆쪽에 다소곳이 앉았다.

이어서 두 손으로 그의 몸을 부드럽게 쓰다듬기 시작했다.

그가 화룡신장을 전개하다가 화상을 입었을 때, 혁련상예는 사흘 내내 수십 차례나 그의 몸에 화상약을 바르고 추궁과 혈수법을 전개했기 때문에 지금 그녀의 손길은 너무도 능숙했다.

그러나 그때는 치료였지만 지금은 사랑의 애무라는 점이 달랐다.

그녀는 열 호흡 정도의 시간 동안 호리의 몸을 애무하다가 무심코 그의 하체를 보고는 흑! 하고 짧은 숨을 들이켰다.

그의 음경이 또다시 정직하게 반응을 한 것이다.

혁련상예는 하늘을 찌를 듯이 단단하게 솟아 있는 음경을 보다가 손을 뻗어 가만히 쥐어보았다.

그녀의 표정이 수시로 복잡하게 변했다. 무엇인가 몹시 갈등하는 듯했다.

갈등이 깊어질수록 음경을 잡고 있는 그녀의 손에 힘이 들어갔다.

그러더니 어느 순간 그녀는 나직한 한숨을 토해내며 음경에서 손을 떼고 침상에서 내려와 자신의 옷을 입고 나서 호리의 옷도 다시 입혀주었다.

그녀는 물끄러미 호리를 굽어보다가 조용한 목소리로 입을 열었다.

"그런 식으로 당신의 여자가 되는 것은 사랑이 아니에요. 소녀는 정당한 방법으로 당신의 사랑을 얻고 싶어요."

이어서 허리를 굽혀 호리의 입에 가볍게 입을 맞춘 후 조용히 방을 나갔다.

실내에 고요한 적막이 흐르는 가운데 호리의 고른 숨소리만 들렸다.

스륵—

그때 닫혀 있던 창이 열리고 그곳으로 하나의 가냘픈 인영이 소리없이 실내로 들어왔다.

가려였다.

그녀는 조금 전에 혁련상예가 나갔던 문을 잠시 바라보다가 잠든 호리에게 시선을 던졌다.

그녀의 입가에 쓸쓸한 미소가 떠올랐다.

"그녀가 나를 깨우쳐 주었군요. 그래요, 나도 오늘 밤에는 당신을 고이 재워주겠어요."

문득 그녀는 아직도 꼿꼿하게 발기를 하여 당장이라도 옷을 뚫고 나올 것 같은 음경을 바라보았다.

문득 그녀는 입술 끝으로만 살짝 차가운 미소를 지었다.

"혁련상예 당신이 사흘 동안 이 사람을 치료했다는 말을 들었어요."

그녀는 결심을 하는 듯 입술을 지그시 깨물었다.

슥—

그녀의 희디흰 손이 미끄러지듯이 호리의 괴춤으로 파고들었다.

"혁련상예, 당신만 이 사람의 몸을 마음껏 만지게 내버려 두지는 않을 거예요."

음경의 단단함과 꿈틀거림이 가려의 손을 통해서 생생하게 전해졌다.

그녀의 얼굴이 능금처럼 새빨갛게 물들었으며 호흡이 가빠지기 시작했다.

그리고 가슴 한복판에서 무언가 알 수 없는 쾌감이 샘물처럼 퐁퐁 솟구쳐서 아랫배를 지나 회음부로 콸콸 흘러내리는 듯한 느낌이 들었다.

그녀는 혁련상예에게 복수라도 하려는 듯 힘주어 음경을 꼬옥 쥐었다가 한참 후에 놔주었다.

새벽에 눈을 뜬 호리는 연공실에서 운공조식으로 숙취를 말끔히 몰아낸 후 제룡천력을 한 시진 동안 연마하다가 이층 식당으로 내려왔다.

식당에는 이미 가려와 혁련상예가 와서 그가 내려오기를 기다리고 있었다.

원래 총호법과 좌우호법은 그림자처럼 보주를 호위하기 때문에 식사도 함께한다. 물론 호리가 정한 규칙이었다.

탁자 앞에 앉아 있던 가려와 혁련상예는 평상시와 다름없이 대화를 주고받다가 들어서는 호리를 발견하고 일어섰다.

그런데 그녀들은 곧 의아한 표정을 지었다.

호리의 걸음걸이가 이상했기 때문이다. 그는 마치 사타구니에, 아니, 음경에 이상이 생긴 것처럼 약간 어기적거리면서 걸어 들어온 것이다.

"왜 그래요?"

"어디 아파요?"

가려와 혁련상예가 급히 호리에게 다가들며 동시에 물었다.

호리는 어색하게 웃었다.

"응, 조금."

"어디가 아픈 거예요?"

"응… 그게……."

호리는 차마 음경이 아프다는 말은 하지 못하고 우물쭈물하며 눈동자만 굴려 자신의 사타구니를 힐끗 굽어보았다.

슥!

순간 혁련상예는 스스럼없이 손을 뻗어 호리의 음경을 가볍게 잡으면서 놀란 얼굴로 물었다.

"여기가 아픈 거예요?"

그녀는 다른 것은 몰라도 호리의 음경에 대해서만큼은 이력이 난 상태라서 전혀 부끄러움을 느끼지 못했다.

"윽!"

호리는 묵직한 신음을 흘리면서 뒤로 한 걸음 물러나며 혁련상예의 손에서 벗어났다.

가려의 눈이 가볍게 빛났다. 순간 혁련상예에게만은 지고 싶지 않은 그녀의 승부욕이 발동했다.

쑥!

그녀는 거침없이 호리의 괴춤으로 손을 집어넣어 음경을 한 손 가득 잡았다.

"대체 왜 여기가 아픈 거예요?"

"윽! 가려!"

호리는 그녀를 슬쩍 떠밀면서 급히 뒤로 물러나 엉거주춤한 자세를 취했다.

"나도 무슨 일인지 모르겠어. 마치 지난밤에 누군가 잡아뜯기라도 했던 것처럼 아프군."

순간 두 여자는 바늘로 심장을 콕 찔린 것 같은 표정을 지으면서 얼굴을 확 붉혔다.

第七十九章
사랑을 찾아서

一擲賭者　乾土申

"좌천주(左天主), 속하를 찾으셨습니까?"

 마황부주 마랑군의 최측근인 마총군사가 사도빙의 화려한 방으로 들어와 공손히 허리를 굽혔다.

 마황부와 봉황궁이 합쳐 마봉천이 탄생했으며, 옥선후 사도빙이 좌천주, 마랑군이 우천주(右天主)에 등극했다.

 그렇기 때문에 좌천주와 우천주는 봉황궁과 마황부의 고수들을 자신의 수하처럼 마음대로 부릴 수가 있다.

 사도빙은 사려가 다녀간 직후에 즉시 마총군사를 불렀으나 그 당시에 그는 마랑군의 명령으로 외부에 나가 있었기 때문에 이제야 사도빙을 찾아온 것이다.

창가에 서서 뒷짐을 지고 있던 사도빙이 천천히 돌아서서 마총군사를 바라보았다.

"조연지라는 소녀를 아느냐?"

그녀는 거두절미하고 본론으로 들어갔다.

"모릅니다."

마총군사는 허리를 굽힌 채 공손히 대답했다.

그런 자세라면 그의 표정을 살필 수가 없었다.

"허리를 펴라."

마총군사는 즉시 허리를 폈다. 하지만 감히 사도빙을 쳐다보지 못하고 눈을 내리깔았다.

가려가 전해준 말에 의하면 마황부 마성군에 있던 조연지를 마침 그곳에 와 있던 마총군사가 발견하여 자신의 노리개로 삼기 위해서 데려갔다고 했었다.

사도빙은 그 정보가 정확할 것이라고 굳게 믿었다.

그녀는 똑바로 마총군사를 주시하며 입을 열었다.

"마성군에 있던 십칠 세 정도의 소녀 한 명을 네가 노리개로 삼으려고 데려온 일이 없느냐?"

순간 사도빙은 마총군사의 두 눈에 놀라움과 당혹이 찰나지간 떠올랐다가 사라지는 것을 놓치지 않았다.

그래서 그녀는 마총군사가 조연지를 데리고 있을 것이라고 확신을 했다.

"그… 런 일은 없습니다."

그런데 마총군사는 정색을 하면서 공손한 어조로 부인을 하는 것이 아닌가.

"그런 일이 없어?"

"그렇습니다."

사도빙의 목소리가 조금 전보다 더 차가워졌다.

"만약 내가 직접 뒤져서 네놈 거처에서 조연지를 찾아낸다면 어떻게 하겠느냐?"

"좌천주······."

마총군사는 두 번째로 당황하는 기색을 보였다. 그는 사도빙이 그렇게까지 나올 줄은 예상하지 못했다. 그는 자신이 표정을 제대로 관리하지 못하고 있다는 사실까지 깨닫자 얼굴이 더욱 엉망이 되었다.

그렇지만 그는 마랑군의 최측근이며 그의 총애를 한 몸에 받고 있는 마총군사다.

마황부의 천하대계를 세우고 실행하게 만든 장본인이 바로 마총군사였다. 그는 마황부 천하제패의 일등공신인 셈이다.

그는 마랑군이 어떻게 해야지만 사도빙을 손에 넣을 수 있으며, 손에 넣은 후에는 그녀를 어떻게 처리할 것인지에 대해서도 계획을 세워 이미 마랑군에게 알려주었다.

그 계획이 실행에 옮겨지면 사도빙은 좌천주가 아니라 그저 마랑군의 부인으로 전락하게 될 것이다.

뿐만 아니라 그녀의 실권은 깡그리 몰수되고, 봉황궁은 마랑군의 수하가 되거나 전멸하게 될 터이다.

마랑군은 아마 조만간 그 계획을 실행할 것이다. 사실 그는 사도빙이 알고 있는 것과는 달리 그다지 인내심이 강한 성격이 아니다.

"속하의 거처를 뒤지신다니, 너무 심한 처사입니다."

"심해?"

사도빙의 초승달 같은 아미가 상큼 치켜 올라갔다.

"그렇습니다."

마총군사는 허리를 꼿꼿하게 폈다. 그의 마음속에서 사도빙은 곧 아무렇지도 않은 존재가 될 것이라는 사실이 강하게 작용을 하고 있었다.

사도빙은 눈도 깜빡이지 않으면서 마총군사를 주시하며 조용히 물었다.

"마지막으로 묻겠다. 네 거처에 조연지가 있느냐?"

"없습니다."

마총군사는 끝까지 밀고 나가기로 작정했다.

순간 사도빙의 우수가 슬쩍 들어 올려지는가 싶더니 가볍게 손목이 뒤집어졌다.

휴웅!

찰나 찬란한 무지갯빛 광채 한줄기가 마총군사를 향해 일직선으로 뿜어졌다.

"억! 도대체 왜……."

뻐억!

"크악!"

마총군사는 말을 잇지 못하고 가슴에 일격을 적중당해 몸이 뒤로 붕 날아갔다.

그는 가슴이 등까지 주먹이 통째로 들어갈 정도로 뻥 뚫린 상태에서 날아가는 도중에 숨이 끊어졌다.

사도빙은 마총군사와 입씨름을 하는 것이 지겨웠다. 간단하게 죽여 버리고 그의 거처를 뒤져 보면 조연지를 찾아낼 수 있을 것이라고 생각한 것이다.

그때 방문이 열리면서 마랑군이 들어서다가 그 광경을 발견하고 가볍게 안색이 변했다.

슥!

그가 가볍게 왼손을 뻗어 무형지기를 발출하자 그를 향해 쏘아오던 마총군사가 허공중에 뚝 멈추었다가 스르르 바닥에 눕혀졌다.

마랑군은 마총군사가 가슴 한복판이 관통된 상태에서 이미 숨이 끊어져 있는 것을 보고 슬쩍 미간을 좁혔다.

그러나 단지 그것뿐이었다. 마총군사에게서 시선을 거두고 사도빙에게 성큼성큼 걸어가기 시작한 그의 얼굴에는 평소에 그녀를 바라볼 때의 온화한 미소가 잔물결처럼 넘실거리고 있었다.

사도빙은 마랑군에게는 시선조차 주지 않고 죽은 마총군

사를 싸늘하게 쏘아보고 있었다.

마랑군은 그녀 옆에 서서 마총군사를 보며 부드럽게 입을 열었다.

"무슨 일이오?"

"저놈이 내게 무례하게 굴었어요."

"죽어 마땅한 놈이로군. 잘했소."

마랑군은 미소를 잃지 않으며 고개를 끄덕였다.

만약 마총군사가 죽기 전이었다면 어떻게든 막아보겠지만, 이미 죽은 후이기 때문에 사도빙을 나무란다고 해서 무슨 소용이 있겠는가.

지금 마랑군이 마총군사를 위해서 해줄 수 있는 일은 아무것도 없었다.

그는 무섭도록 냉정하면서도 탐욕스러운 성격이었다. 그리고 사도빙은 그의 그런 두 가지 성격에 대해서 아직 감지하지 못하고 있었다.

사도빙은 마총군사를 죽인 진짜 이유에 대해서 마랑군에게 말하지 않기로 했다.

만약 말을 하게 된다면 구차하게 이런저런 변명을 늘어놔야 하기 때문이었다.

그녀는 마랑군이 물러가면 자신이 직접 마총군사의 거처로 가서 조연지를 찾아내서 호리에게 돌려보낼 생각이었다.

그렇지만 그녀는 그 계획을 실천에 옮기지 못했다.

왜냐하면 마랑군은 그날 종일토록 그녀 곁에 붙어 있었기 때문이다.

"부주, 추홍쌍신의 홍엽이 지금 마총군사의 거처로 향하고 있습니다."

사도빙과 함께 술을 마시고 있는 마랑군의 귀에 마중십팔혼 우두머리 일혼(一魂)의 전음이 전해졌다.

마랑군은 술잔을 입에 대며 명령했다.

"계속 감시하라."

"극한 상황이 벌어지면 어떻게 합니까?"

"죽여도 괜찮다."

마랑군은 추호의 망설임도 없이 지시했다.

십오 장 밖에 있던 일혼이 귀신처럼 물러가는 기척이 마랑군의 귀에 감지됐다.

그는 맞은편에 앉은 사도빙의 잔에 술호로병을 가져가 따르면서 부드럽게 미소를 지었다.

"빙 매, 언제 내 청혼을 받아줄 생각이오?"

내내 딱딱한 표정으로 앉아 있던 사도빙은 그 말에 살짝 아미를 찌푸렸다.

그녀는 여태껏 될 수 있는 한 마랑군에게는 함부로 하지 않으려고 애써왔었다.

하지만 지금은 조연지의 일 때문에 신경이 날카로워져 있는 상태이기 때문에 즉각 기분이 나빠졌다.

"왜 또 보채는 건가요? 좀 더 기다릴 수는 없나요?"

그러다 보니 자신도 모르게 새된 목소리가 튀어나갔다.

그러나 마랑군은 표정이 조금도 변하지 않았고 화를 내지도 않았다. 오히려 그는 더 부드러운 미소를 지어 보였다.

"천하 무림을 완전히 제패한 후에 혼인을 하고 싶다는 빙매의 욕구를 충족시켜 줄 만한 다른 제안을 하겠소."

그러자 사도빙이 무슨 소리냐는 듯한 표정으로 마랑군을 바라보았다.

마랑군의 미소가 더욱 짙어졌다. 그가 지금부터 말하려고 하는 것은 사도빙이 죽인 마총군사의 계책이었다.

마총군사는 사도빙에게 죽었지만, 이제는 사자(死者)의 복수가 시작될 시간이었다.

"빙 매가 마봉천의 천주가 되시오."

웬만한 일로는 표정이 변하지 않는 사도빙이 눈을 크게 뜨고 마랑군을 쳐다보았다.

마랑군은 한 술 더 떴다.

"나는 모든 지위에서 완전히 물러나겠소. 그 사실을 마황부 수하들은 물론 천하에 선포하겠소. 그렇게 되면 마봉천은 온전히 빙 매의 것이 되는 것이오."

사도빙은 눈을 깜빡였다.

"그럼… 당신은 무엇을 할 셈인가요?"

마랑군은 더 이상 좋게 보일 수 없는 온화한 미소를 지었다.
"나는 빙 매의 남편이 되는 것이오."
"그런……."
"내게는 천하보다 빙 매가 더 크고 소중하오. 빙 매를 위해서라면 뭐든지 포기할 수 있소. 여태 그것을 몰랐소?"

사도빙의 눈초리가 파르르 잔떨림을 일으켰다. 감동을 해서가 아니라 충격을 받았기 때문이었다.

하지만 마랑군은 그것을 그녀가 감동했기 때문이라고 착각을 했다. 착각이든 아니든 그의 계획에는 지장이 없었다.

"어떻소? 이 정도 제안이면 내 청혼을 받아줄 만하지 않소?"

그의 제안은 사도빙으로서는 전혀 예상하지 못했던 파격적인 것이었다.

사도빙은 당황했다. 그녀는 지금까지 마랑군이 꾸준하고 집요한 청혼을 할 때마다 '완전한 천하제패'를 한 후에 혼인을 하자고 미뤄왔었다.

그런데 지금 마랑군의 제안은 천하제패 이상의 파격이었다.

마봉천이 친히 제패를 하더라도 천하제일인은 사도빙과 마랑군 두 사람이 된다. 그것은 결코 완전한 '천하 위의 군림'이라고 할 수 없다.

하지만 사도빙이 마봉천의 한 명뿐인 천주, 즉 일인천주가 된다면, 그것은 이미 천하제패를 이룬 것이나 다름이 없음을 의미하는 것이다.

그렇지만 사도빙은 조금도 기쁘지 않았다. 그녀가 그동안 마랑군의 청혼을 '완벽한 천하제패' 이후로 미룬 진짜 이유는 순전히 시간을 벌기 위한 핑계였다.

그러나 지금은 그럴 수가 없게 되었다. 마랑군은 그녀가 옴짝달싹하지 못할 제안을 한 것이다.

이것은 사도빙으로서는 절대 받아들일 수 없는 제안이었다. 하지만 거절할 수 없는 제안이기도 했다. 아니, 거절할 핑계가 마땅치 않았다.

그녀의 꿈은 천하제패를 한 후에 사랑하는 호리와 함께 백년해로하는 것이다.

그런 그녀에게 마랑군은 그저 천하제패를 위한 도구 이상도 이하도 아니었다.

"생각해 보겠어요."

사도빙은 그렇게 나직한 어조로 말했다. 속마음은 거절이지만 그래서는 안 된다.

아직까지는 마랑군이, 아니, 마황부가 필요하기 때문이다. 그래서 지금으로서는 최선의 대답을 고른 것이다.

"아니, 지금 대답해 줘야겠소."

마랑군의 말에 사도빙은 술잔을 입으로 가져가다가 움찔

가볍게 몸을 떨었다.

 순간 알 수 없는 불길함이 자욱하게 밀려들었다. 그것은 마치 짙은 어둠 속에 무엇인가 있는데 그것이 무엇인지 모르는 것과 같은 느낌이었다.

 사도빙이 적잖이 놀란 듯한 얼굴로 바라보자 마랑군은 빙그레 미소를 지었다.

 "나는 빙 매를 너무나 사랑하기 때문에 마황부의 평생 숙원인 천하제패까지 포기하겠다는 것이오. 나는 빙 매만 있으면 그것으로 만족하오. 이런 내가 지금 무리한 요구를 하는 것이라고 생각하오?"

 그가 약속을 지킨다면 그의 요구는 절대 무리하지 않다. 그리고 여태까지 그의 행동으로 미루어 그는 약속을 지킬 것이 분명하다.

 사도빙은 자신이 벼랑 끝에 서 있다는 사실을 절감했다.

 이제는 더 이상 물러날 수가 없었다.

 그녀는 술을 마시려고 술잔을 입으로 가져갔다가 다시 탁자에 내려놓았다.

 그리고는 차분하게 입을 열었다.

 "좋아요, 수락하겠어요. 그러나 혼인은 천하제패를 완전하게 이문 후에 하겠어요."

 마랑군은 미소를 잃지 않으며 고개를 저었다.

 "아니오. 사흘 후에 합시다."

"말도 안 돼요!"

사도빙은 자신도 모르게 날카롭게 외쳤다.

마랑군은 여전히 미소를 지으면서 말을 이었다.

"나는 더 이상 기다릴 인내심이 없소. 대답은 내일까지 기다려 주겠소."

그 말은 사도빙의 귀에 명령으로 들렸다.

'엽 매가 마총군사의 거처에 갔다고?'

추공은 수하의 보고를 받고 의아한 표정을 지으며 내심으로 중얼거렸다.

언제나 한 몸처럼 붙어 다니는 추홍쌍신이지만, 아까는 추공이 사사로운 볼일이 있어서 잠시 혼자 외출을 했다가 돌아와 보니까 홍엽이 사도빙의 명령으로 마총군사의 거처에 갔다는 것이다.

사도빙은 자신이 직접 마총군사의 거처에 들이닥쳐서 조연지를 찾으려고 했지만 마랑군이 곁을 떠나지 않고 있어서 하는 수 없이 자신이 할 일을 홍엽에게 전음으로 지시를 했다.

만약 추공이 있었으면 홍엽은 그와 함께 갔을 것이다. 다른 이유가 있는 것이 아니라 무슨 일이든 함께 행동하던 습관 때문이었다.

그가 홍엽을 기다리면서 무료하게 탁자 앞에 앉아 있을 때 사도빙의 측근 호위고수가 들어와 보고했다.

"추공님, 궁주께서 지금 즉시 오라고 하십니다."

추공의 안색이 가볍게 변했다. 사도빙이 추공을 급히 오라고 했다는 것 때문이었다.

사도빙이 그를 '급히' 부른 것은 손가락을 꼽을 정도로 드문 일이었다.

사도빙은 반 시진 전에 자신의 거처로 돌아간 마랑군과 있었던 일을 추공에게 간략하게 설명해 주었다.

사도빙의 설명을 듣고 난 추공은 얼굴이 돌덩이처럼 굳어져서 입을 굳게 다물었다.

열 호흡 이상이 지난 후에 추공은 굳은 얼굴로 창밖을 내다보고 있는 사도빙의 깎은 듯한 옆얼굴을 보면서 조심스럽게 입을 열었다.

"그렇다면 우리 계획을 앞당길 수밖에 없겠군요."

사도빙은 눈도 깜빡이지 않았다.

"그래야겠지."

급박한 상황에 처하게 되면 사용하려고 사도빙은 사전에 계획을 세워둔 것이 있었다.

그러나 그것은 무리수였다. 자칫 잘못하다가는 도리어 사도빙이 크게 당할 수도 있었다. 하지만 지금으로서는 선택의 여지가 없었다.

운이 따라주어 성공을 하게 된다면, 마랑군을 제거하고 마황부를 손에 넣은 후 어렵지 않게 천하를 장악하게 될 터이다.

추공은 조심스럽게 한차례 크게 심호흡을 했다. 사도빙에게 무례하고도 노골적인 질문을 하기 위해서는 얼마간의 용기가 필요하기 때문이었다.

그는 사도빙의 옆얼굴을 똑바로 주시하면서 조용히 말문을 열었다.

"궁주, 외람된 말씀을 드려야겠습니다. 분명하게 알아두고 싶은 것이 있습니다."

"뭔데?"

"호리 공을 사랑하십니까?"

추공으로서는 평소 같으면 꿈도 꾸지 못할 물음이었다.

사도빙은 놀라지도, 표정의 변화도 없었다. 그녀는 잠시 침묵하다가 가볍게 고개를 끄떡였다.

"그래."

"얼마나 사랑하십니까?"

"그를 위해서 내 목숨을 바쳐야 하는 상황이 되면, 추호도 아낌없이 바칠 거야."

추공은 깊숙이 허리를 굽히며 간언했다.

"그러시다면 지금 당장 조연지를 구한 후에 그녀와 함께 호리 공에게 가십시오."

순간 사도빙의 어깨가 가볍게 움찔 떨렸다. 이어서 그녀는 천천히 추공을 돌아보았다.

"뭐라고 했어?"

그의 말을 듣지 못했기 때문이 아니라 예기치 못했던 질문 때문에 적잖이 충격을 받아 생각할 시간이 필요했다.

추공은 허리를 굽힌 자세에서 더욱 공손한 어조로 대답 대신 다시 하나를 물었다.

"궁주에게는 천하제패와 호리 공 둘 중에 무엇이 더 소중합니까? 하나만 고르신다면 말입니다."

사도빙은 생각할 것도 없다는 듯 즉시 대답했다.

"호리가 훨씬 더 소중해. 비교할 것도 없어."

"그러시다면 천하제패를 포기하십시오."

사도빙의 표정이 조금 굳어졌다.

"호리를 위해서 천하제패를 하려는 거야. 나는 그에게 천하를 선물하겠다고 스스로에게 약속했어."

"틀렸습니다."

"뭐라고?"

단언하건대, 추공은 이날까지 한 번도 사도빙의 말을 거스른 적도 그녀의 말에 토를 단 적도 없었다.

지금이 처음이었다. 하지만 추공은 이 말을 하다가 사도빙의 손에 죽는다고 해도 반드시 해야만 했다.

"저는 호리 공이 어떤 분인지는 잘 모르지만 짐작은 할 수 있을 것 같습니다."

"뭘?"

사도빙은 냉소를 치듯이 톡 내쏘았다. 그것은 마치 조카가 숙부에게 하는 듯한 행동이었다.

그녀가 그랬다고 해서 추공마저 숙부처럼 행동할 수는 없는 노릇이었다.

"호리 공은 소탈하고 욕심이 없는 분이십니다."

추공은 자신의 눈으로 본 것처럼 말했다.

사도빙은 고개를 끄덕였다.

"맞아. 어떻게 그렇게 잘 알지?"

"궁주께서 황주를 즐겨 드시는 것을 보고 짐작했습니다. 궁주께선 그분에게 황주를 배우지 않으셨습니까?"

"그건 그래. 그런데 황주가 왜?"

"호리 공은 평소에 돈이 많이 있어도 값싼 황주를 즐겨 드시지 않습니까?"

"그래. 호리궁의 배 밑창에 몇만 냥의 은자가 쌓여 있어도 호리는 늘 황주만 마셨었지."

"호리궁이 무엇입니까?"

사도빙의 눈이 갑자기 빛나면서 꿈을 꾸듯이 몽연하게 변했다. 그리고 목소리에 생기가 담겼다.

"호리가 집으로 사용하는 작은 배야. 항주성 근처의 감천에서 만들었는데 아주 아담하고 무척 빠르지. 우린 그 배에서 넉 달 가까이 함께 생활했어."

그렇게 말하는 동안에 그녀의 얼굴에 아지랑이 같은 그리움이 자욱하게 떠올랐다.

"호리의 방은 내 방 바로 앞이었어. 그는 항주성에서 암습을 당해 사경을 헤매는 날 살려주었을 뿐만 아니라 내가 괴로울 때나 까탈을 부릴 때, 그리고 내가 아플 때에는 정성을 다해서 나를 보살펴 주었어."

추공은 사도빙이 태어날 때부터 지켜봐 왔지만 그녀가 지금처럼 많은 말을 하는 것을 처음 보았다. 그는 그녀가 정말로 호리를 사랑하고 있음을 깨달았다.

"그는 자기 자신보다 나를 더 아끼고 위해주었지. 그는……"

그러다가 사도빙은 말끝을 흐렸다. 그리움이 가득했던 두 눈에 소르륵 눈물이 차올랐다.

강인하기 짝이 없는 그녀는 이제 호리만 생각하면 눈물부터 나는 심약한 여자가 됐지만 그것을 부끄러워하지도, 참으려고 하지도 않았다.

추공은 조용히 입을 열었다.

"돈이 많으면서도 술 중에서 가장 싸고 독한 황주를 즐겨 마시는 사람을 소탈하고 욕심이 없다고 하지 않으면 뭐라고 하겠습니까?"

"맞아."

사도빙이 고개를 끄덕이자 눈물이 후드득 흘러내렸다.

추공은 못 본 체하고 말을 이었다.

"그런데 그런 분을 위해서 궁주께선 천하를 제패하신다고 말씀하셨습니다. 만약 궁주께서 천하를 제패하여 그분에게 선물로 드린다면 흔쾌히 받으실 것 같습니까?"

사도빙은 말문이 막혔다. 그녀가 알고 있는 호리라면 천하 같은 것에는 추호의 관심도 없었다.

아니, 그는 틈만 나면 말했었다. 자신의 소원은 사부와 사매와 함께 시골에서 자그마한 무도관을 내어 평범하게 사는 것이라고.

하지만 사도빙은 그를 무도관 같은 것에 안주하게 만들고 싶지가 않았다.

그래서 천하를 제패하여 그에게 주고 싶은 것이고, 그를 모든 것을 가진 남자로 만들어주고 싶은 것이다.

추공은 틈을 주지 않았다.

"궁주, 지금 그분께서 진정으로 원하는 것이 무엇일 것 같습니까? 궁주께서 제패한 천하를 선물로 받는 것이겠습니까? 아니면 궁주께서 그분 앞에 나타나는 것이겠습니까?"

추공은 호리라는 사람이 사도빙을 진심으로 사랑한다는 전제하에 그렇게 물었다.

사도빙은 또 대답을 하지 못했다. 호리가 원하는 것은 천하가 아니라 그녀 자신일 것이라고 믿기 때문이었다.

"천하제패는 궁주의 야망일 뿐이지 호리 공과 결부시키지 마십시오. 아마도 호리 공은 궁주께서 천하를 제패하시려는 것조차 모르고 계실 것입니다."

"감히……."

사도빙은 추공을 쏘아보면서 입술을 깨물었지만, 서릿발 같은 표정이 아니라 원망에 가까운 표정이었다.

"추공, 대체 내게 무슨 말을 하고 싶은 것이지?"

"마음이 이끄는 대로 하십시오."

"마음이……."

"궁주께서는 천하제패를 위해서 속을 끓인 적도, 그리워한 적도, 애달파한 적도, 눈물을 흘린 적도 없습니다. 그러나 호리 공 때문에는 많이 그러셨습니다."

"그래, 그랬었지."

"그렇다면 과연 궁주의 본심이 진심으로 원하는 것은 무엇이겠습니까?"

"호리야."

그녀는 서슴없이 대답했다.

추공은 빙그레 미소를 지었다.

"천하제패 따위는 마랑군에게 던져 주십시오. 그리고 궁주께서는 그보다 더 좋은 호리 공을 차지하시는 것입니다. 호리 공과 함께 계시면 천하 위에 군림하는 것보다 더 행복하실 것이라는 사실을 장담합니다."

사도빙은 눈물을 흘리면서 두 뺨을 발갛게 물들이며 방그레 환한 미소를 지었다.

"추공이 어리석은 날 깨우쳐 주었군."

"별말씀을, 궁주 옆에서 솟고 있는 샘물을 한 그릇 떠드렸을 뿐입니다."

겸손하게 허리를 굽히면서 추공은 자신도 이제 홍엽에게 사랑을 고백할 때가 되었다고 생각했다.

사도빙은 마음이 더없이 홀가분해졌고 두근두근 설레기 시작했다.

호리에게 돌아간다고 결정했기 때문이었다. 이렇게 좋은 것을 그동안 왜 생각하지 못했고 깨닫지 못했는지 어이가 없을 정도였다.

불가(佛家)에서 '고개만 돌리면 피안(彼岸)인데 어이해 앞만 보고 가느냐?'라고 했던 말이 문득 생각났다.

그 말이 옳았다. 앞쪽에 있는 천하제패에서 시선을 거두어 옆을 보니 그곳에 호리가 있었다.

천하제패를 하고 호리를 잃으면 행복할까?

아니면 호리를 얻고 천하제패를 하지 못하면 행복할까?

물론 후자였다. 호리를 천하제패와 비교할 수는 없었다.

"하명해 주십시오."

추공이 공손히 허리를 굽혔다. 사도빙이 천하제패를 포기하고 호리에게 돌아가기로 결심했으니 그에 따른 명령을 해

달라는 것이었다. 즉, 마황부와 결별의 수순을 밟자는 것이다.

사도빙은 잠시 생각하더니 명령했다.

"수하들을 북쪽으로 철수시켜. 그리고 추공은 홍엽이 돌아오길 기다렸다가 조연지를 데리고 먼저 철수해."

추공은 허리를 펴고 의아한 표정으로 그녀를 쳐다보았다.

"궁주께서는?"

사도빙은 명랑하게 대답했다.

"마랑군을 만날 거야. 그래서 사실대로 말해줘야지."

추공은 조심스러운 표정을 지었다.

"괜찮으시겠습니까?"

"괜찮아. 만약 말하지 않고 내가 사라져 버리면 오히려 그는 나를 단념하지 못하고 온 천하를 뒤지고 다니다가 결국은 날 찾아내서 계속 찝쩍거릴 거야."

"그렇겠군요."

추공은 그녀의 말을 이해하여 턱을 주억거렸지만 걱정을 완전히 떨쳐 내지는 못했다.

"하지만 그는 생각이 깊은 사람입니다. 그러므로 쉽게 궁주를 단념하지 않을 것입니다."

"틀렸어. 마랑군은 추공이 생각하는 것보다 훨씬 사내다워. 뒤끝 같은 것은 없을 거야. 오히려 웃으면서 내 행복을 빌어줄 거야."
"궁주 말씀대로라면 좋겠지만······."
추공도 더 이상 토를 달지 않았다.

第八十章
봉황추락(鳳凰墜落)

一攫貝者
乾坤

사도빙은 그 어느 때보다도 밝고 명랑한 표정으로 마랑군에게 말했다. 아니, 그것은 선언이었다.

"내게는 사랑하는 남자가 따로 있어요."

그녀의 목소리는 꾀꼬리가 짝을 부르는 소리처럼 생기에 넘쳐 있었다.

그 순간 여태 미소를 짓고 있던 마랑군의 얼굴에서 미소가 씻은 듯이 사라졌다.

대신 얼굴 전체가 보기 싫게 일그러졌다. 인상을 심하게 썼을 뿐인데, 그 얼굴에 마랑군의 본래의 준수한 모습은 더 이상 없었다.

사도빙은 그를 보면서 적잖이 놀랐다. 그녀가 보기에 마랑군은 몹시 불쾌해하거나 화를 내고 있는 것이 분명했다.

웃으면서 그녀의 행복을 빌어줄 것이라던 예상이 철저하게 빗나간 것이다.

그러나 마랑군의 얼굴에서 그런 표정이 순식간에 사라졌다.

그래서 사도빙은 자신이 착각을 했나 의심할 정도였다.

마랑군은 평소와는 다른 표정을 짓고 있었다. 몹시 상심한 듯한 쓸쓸한 얼굴이었다.

그는 사도빙을 바라보며 힘없이 물었다.

"어떤 사내요?"

"호리."

사도빙은 나직이 대답하며 마랑군의 얼굴을 살폈다.

마랑군은 그 이름을 들어본 적이 있었다. 그에게는 천하제일이라고 할 수 있는 정보망이 있다.

그들이 보고한 정보에 의하면, 사도빙이 항주성의 사기꾼 호리라는 자에게 구해져서 몇 달 동안 함께 생활을 했다는 것이다. 그때 호리라는 이름을 들었었다.

마랑군은 사도빙이 호리라는 놈에게 구해지고 함께 생활하는 몇 달 동안 급속하게 가까워졌을 것이라고 짐작했다.

그렇지만 짐짓 모른 체했다.

"어떤 사내요? 그도 빙 매를 사랑하오?"

대신 사도빙이 그에 대해서 알고 있는 것처럼 진심으로 그녀의 행복을 빌어줄 사람 같은 표정을 지었다.

그래서 사도빙은 조금 전에 봤던 마랑군의 성난 표정을 착각이라고 생각했다.

그게 아니라면 마랑군이 순간적으로 화가 났을 수도 있다. 그런 상황이라면 어떤 남자든 화를 낼 테니까, 그러므로 그것은 이상할 것도 없었다.

그녀는 호리에 대해서 말하기도 전에 이미 봄 햇살 같은 미소를 가득 떠올렸다.

"물론 그도 나를 사랑해요. 어쩌면 내가 나를 사랑하는 것보다 그가 나를 사랑하는 것이 더 크고 깊을 거예요. 그리고 그는 한마디로 완벽한, 훌륭한 남자예요. 천하의 어떤 여자라도 한눈에 반할 만큼."

사도빙은 꿈꾸듯이 종알거리느라 마랑군의 눈 속에서 새파란 질투심이 찰나지간 번뜩였다가 사라진 것도, 그가 천천히 자신에게 다가오고 있다는 사실도 알지 못했다.

"호홋! 내가 어리석었어요! 그의 사랑만 있으면 되는 것을, 천하 따위가 무슨 소용이 있다고, 호호홋! 나는 그와 혼인을 한 후에 은거를 할 거예요! 그리고 아이들을 되도록 많이 낳아서 다복한 가정을 꾸밀 생각이에요!"

그녀는 호리와의 미래에 너무 젖어 있었고, 마랑군이라는 사내를 너무 믿었다.

"과연 빙 매가 그럴 수 있을 것이라고 생각해?"

사도빙은 갑자기 바로 곁에서 들리는 나지막한 목소리에 움찔 놀라 돌아보았다.

어느새 그녀 곁으로 마랑군이 바짝 다가와 잔인한 미소를 입가에 떠올린 채 두 눈이 비정하게 이글거리고 있었다.

사도빙은 움찔하며 등줄기에 소름이 오싹 끼쳤다. 그 순간 자신이 너무 방심했다는 것과 마랑군을 너무 믿었다는 사실을 동시에 깨달았다.

순간 그녀는 그가 급습할 것이라고 예상하여 그의 마음을 누그러뜨리려는 생각으로 애써 미소를 지어 보였다.

그사이에 공력을 끌어올려 먼저 급습하려는 것이었다. 공력을 끌어올리는 데에는 반 호흡이면 충분했다.

"호호! 내 농담이 그럴듯했나요? 당신을 놀라게 할 의도는 아니었……."

그러나 그녀는 말을 잇지 못했다.

마랑군의 두 눈에서 번쩍하고 새파란 살기가 뿜어졌고, 그와 동시에 그의 오른손이 섬전처럼 쏘아오는 것을 발견했기 때문이었다.

그가 전개한 것은 천외삼절공 중에 하나인 호극마조였다.

"감히!"

사도빙은 날카롭게 외치면서 홍예신공으로 반격을 가하려고 오른손 일장을 번개같이 뻗었다.

지독히도 가까운 거리에서 절세의 두 신공인 호극마조와 홍예신공이 맞부딪쳐 갔다.

쫘릉!

"악!"

천번지복의 엄청난 굉음과 날카로운 비명이 동시에 터지면서 사도빙의 가녀린 몸이 화살처럼 뒤로 튕겨 날아갔다.

마랑군과 사도빙은 여태껏 한 번도 싸우거나 비무를 해본 적이 없었다.

그러나 만약 실제로 대적을 한다면, 마랑군이 반의 반수 정도 공력이 고강할 것이다.

그 차이는 지극히 미미해서 실전에서는 거의 격차가 없을 테지만 어떤 상황에서는 치명적인 맹점이 될 수도 있다.

더구나 방금 격돌에서 사도빙은 본신의 공력을 미처 절반도 끌어올리지 못한 상태에서 급급하게 홍예신공을 발출했기 때문에 마랑군의 상대가 되지 못했다.

사도빙은 허공을 수평으로 튕겨 날아가면서 의식이 가물거리는 것을 느꼈다.

그녀는 꺼져 가는 정신을 붙잡으려고 안간힘을 쓰면서 안타깝게 한 사람의 이름을 불렀다.

"호리······."

우지끈!

사도빙은 오 장이나 날아가 벽을 박살 내고 전각 밖으로 튀어나갔다.

호극마조와 홍예신공의 격돌에서 발생한 반탄지기가 사방으로 뿜어져서 천장과 벽들을 허물었으며 바닥이 움푹 꺼져버렸다.

슈욱!

마랑군은 무너지는 천장을 뚫고 위로 솟구쳤다가 사도빙을 향해 쏜살같이 날아갔다.

그런데 벽을 뚫고 튕겨져서 나간 사도빙의 모습이 보이지 않았다.

그 대신 폭음을 듣고 마황부 고수들이 사방에서 구름처럼 몰려들고 있었다.

마랑군은 지상에 내려서 재빨리 사방을 두리번거렸다. 그는 자신의 일격에 사도빙이 즉사는 하지 않더라도 최소한 중상을 입었을 것이라고 확신했다.

그런데 그런 몸으로 이처럼 신속하게 도주를 했을 리가 없었다. 필경 어딘가에 숨었을 것이라고 생각했다.

그때 마중십팔혼의 우두머리인 일혼의 전음이 마랑군의 고막을 울렸다.

"부주, 단봉천기수 두 명이 옥선후를 구출하여 도주하고 있습니다. 속하가 수하들을 이끌고 잡아오겠습니다."

"알았다."

마랑군은 가볍게 고개를 끄덕였다. 그를 그림자처럼 호위하고 있는 마중십팔혼이 사도빙을 놓칠 리가 없다. 그들이 그녀를 잡아오는 것은 시간문제였다.

마중십팔혼이 겨우 두 명의 단봉천기수를 처치하지 못한 데서야 말이 되지 않았다.

마랑군은 사도빙을 죽일 수도 있었지만 그러지 않았다.

그는 진심으로 그녀를 사랑하고 있기 때문이었다. 또한 호리라는 놈보다 자신이 훨씬 더 많이 사랑하고 있을 것이라고 확신했다.

그러나 사도빙이 자신을 사랑하느냐는 것은 그다지 중요하지 않았다.

자신이 누군가를 사랑하고 있으며, 그것을 소유하는 것만이 중요한 일이었다.

그는 사도빙의 무공을 폐지하여 평범한 여자로 만든 후 죽을 때까지 자신의 곁에 두어야겠다고 생각했다.

"사도빙, 이것은 네가 자초한 일이다."

마랑군은 지그시 어금니를 악물고 중얼거렸다.

마중십팔혼의 우두머리인 일혼은 결정적인 실수를 저질렀다.

사도빙을 구출한 단봉천기수가 두 명뿐이라서 마중십팔혼 열여덟 명만으로 추격을 한 것이었다.

두 명의 단봉천기수는 잡힐 듯 잡힐 듯하면서도 잡히지 않은 채 꾸준히 삼사십여 장의 거리를 유지한 채 전력으로 도주를 하고 있었다.

그러다가 어느 드넓은 초원으로 들어서게 되었다.

일혼은 그곳에서 사도빙을 잡으려고 작정했다. 그는 수하들을 독려하여 전력으로 단봉천기수를 추격했다.

초원은 너무 넓었고 단봉천기수가 몸을 숨길 만한 엄폐물마저 없었다.

그곳에 있는 것이라고 해봐야 허리 정도에 이르는 끝없이 펼쳐진 풀이 전부였다.

결국 지친 듯한 모습인 두 명의 단봉천기수는 마중십팔혼에게 따라잡히고 말았다.

두 명의 단봉천기수 중에서 한 명은 혼절한 사도빙을 안고 있어서 싸울 수 있는 사람은 한 명뿐이었다.

그러나 그녀 혼자서 마중십팔혼을 상대할 수는 없었다.

단봉천기수는 세 명이 마중십팔혼 두 명과 팽팽하게 싸울 수 있는 실력이다.

두 명의 단봉천기수가 전력으로 도주를 하고 있을 때, 마중십팔혼이 마치 학이 날개를 활짝 펼치듯이 양쪽으로 쫙 갈라지면서 포위를 하기 시작했다.

마중십팔혼이 포위를 하는 과정에서 두 명의 단봉천기수가 달려가는 방향만을 남겨두었을 때,

사사사사—

마중십팔혼은 전면에 수십 명의 단봉천기수들이 반원형의 형태를 이룬 채 풀숲 속에서 불쑥 솟구쳐 일어서는 것을 발견하고 놀라서 일제히 신형을 멈추었다.

 그때 그들이 방금 지나친 뒤쪽 풀숲 속에서도 수십 명의 단봉천기수들이 역시 반원형의 형태를 이룬 상태에서 한 동작으로 일어섰다.

 사사사사사사—

 마중십팔혼이 멈칫할 때, 전면과 후면의 단봉천기수들이 순식간에 마중십팔혼을 포위해 버렸다.

 함정에 빠진 것이었다.

 포위망을 이루고 있는 단봉천기수들은 원래 백 명이었는데, 무황성과 검황루와의 싸움에서 십오 명이 죽고 단봉군주인 가려가 열 명을 데려갔기 때문에 현재 칠십오 명만 남아 있는 상태였다.

 그러나 그녀들만이 아니었다.

 마중십팔혼은 자신들을 포위하고 있는 칠십오 명의 단봉천기군 너머에 흑의경장을 입고 어깨에 철궁을 멘 수백 명의 여고수들이 포위망을 형성하고 있는 것을 발견하고 안색이 해쓱하게 변했다.

 그녀들은 다름 아닌 봉황궁의 제이군 웅서황기군이었다.

 웅서황기군은 원래 삼백 명이지만, 그동안의 싸움에서 오십여 명을 잃고 현재는 이백오십 명 정도가 남았다. 그녀들이 모두 이곳에 나타난 것이다.

이것은 완벽한 함정이고 천라지망이었다. 마중십팔혼은 날개가 있어도 빠져나가지 못할 것이다.

사도빙을 안은 두 명의 단봉천기수는 재빨리 전면의 단봉천기수들을 향해 쏘아갔다.

그러자 단봉천기수들이 길을 터주고 그 너머에서 추공이 마주 쏘아왔다.

"궁주!"

그는 급히 단봉천기수에게서 사도빙을 받아 안고서 재빨리 살펴보았다.

그녀는 아직 혼절에서 깨어나지 못한 상태로 안색은 창백했으며 입가에서 가느다란 피가 흘러나오고 있었다.

추공은 즉시 사도빙을 풀밭에 편안하게 눕히고 서둘러 맥을 잡아보았다.

맥이 당장이라도 끊어질 듯이 흐릿했다. 뿐만 아니라 내상이 너무 극심했다.

갈비뼈가 완전히 박살났으며 내장이 조각난 상태라서 기의 흐름이 거의 잡히지 않을 정도였다.

또한 심장도 미미하게 불규칙적으로 뛰고 있었다.

추공은 지금 당장 손을 쓰지 않으면 사도빙의 목숨이 위태로울 지경이라고 판단했다.

그는 사도빙을 안고 일어나 가려 대신 단봉천기군을 지휘하고 있는 십일봉에게 짧게 명령했다.

"모두 죽여라."

마중십팔혼을 죽이라는 것이다.

이어서 그는 사도빙을 안은 채 바람처럼 북쪽으로 쏘아가기 시작했다.

봉황궁 친위대인 봉황천군(鳳凰天軍)과 제삼군인 주작조양군 사백칠십 명이 지금 북쪽으로 이동 중이었다.

봉황천군은 책사와 의원, 정보조직, 재무조직 등으로 이루어진 봉황궁의 살림을 전담하는 조직이다. 한시바삐 그들에게 당도해야 사도빙을 살릴 수 있을 것이다.

* * *

"궁주께서?"

추공이 보낸 급보를 읽은 가려는 앉은 자리에서 벌떡 일어나며 경악했다.

서찰에는 사도빙이 천하제패를 포기하고 마랑군과 결별, 호리를 찾아가겠다고 결심한 것과 그 사실을 마랑군에게 통보하다가 중상을 입었다는 사실, 이런 사실들을 호리에게 모두 알리라는 것. 그리고 몇 가지 중요한 사실들이 적혀 있었다.

"어떻게 그런 일이······."

가려가 아연실색하여 중얼거리자 주위에 있던 비선과 삼봉, 십봉은 몹시 긴장하는 표정을 지었다.

"무슨 일입니까? 궁주 신변에 변고가 생긴 것입니까?"

비선이 궁금증을 참지 못하고 물었다. 이즈음 가려와 비선, 삼봉, 십봉은 상전과 수하라기보다는 마치 친자매처럼 친해져 있었다.

가려는 비선의 물음에 대답 대신 서찰을 내밀었고, 급히 서찰을 다 읽은 비선은 크게 놀라며 다시 서찰을 삼봉과 십봉에게 건네주었다.

서찰을 다 읽은 네 여자는 한동안 아무 말도 하지 못한 채 그 자리에 서 있었다.

침묵을 깬 사람은 냉정하고 강단있는 성격의 비선이었다.

"보주에게 알려야 합니다."

가려도 서찰을 읽고 나서 그래야 한다고 판단했다. 하지만 그러자면 사도빙, 아니, 호선에 대해서 모든 것을 설명해야만 할 것이다.

그것이 고민이었다. 만약 호리가 호선에 대해서 알게 된다면 어떤 반응을 보일는지 짐작조차 하기가 어려웠다.

그래도 알릴 수밖에 도리가 없었다. 호선은 호리를 위해서 천하제패를 목전에 두고 포기를 했고, 그것이 빌미가 되어 사경을 헤매고 있다.

무슨 일이 있어도 두 사람은 만나야 하고, 함께 있어야만

하는 것이다.

호선에 대해서 모든 것을 알고 난 후에 호리가 어떤 반응을 보일는지는 순전히 호리의 몫이다. 그것까지 미리 걱정하여 일을 그르칠 수는 없는 것이다.

"보주는 어디에 계시지?"

결심을 한 가려가 문으로 걸어가며 묻자 비선이 대답했다.

"중천각 연공실에 계십니다."

가려는 중천각 연공실로 갔으나 간발의 차이로 호리를 만나지 못했다.

호리는 손님이 찾아와서 접객당으로 갔다는 것이다.

"손님이라니, 누구지?"

그녀의 물음에 중천각 연공실 입구를 지키는 일당의 호위무사가 공손히 대답했다.

"백검룡이라고 했습니다."

가려는 적잖이 놀라 급히 물었다.

"백검룡? 선황파 문주 백검룡 말이냐?"

"아……! 백검룡이 그 백검룡입니까?"

호위무사는 오히려 탄성을 터뜨리며 가려에게 되물었다.

크게 놀란 가려는 비선과 삼봉, 십봉을 이끌고 즉시 접객당으로 달려갔다.

바람처럼 쏘아가는 그녀의 머릿속에는 여러 의혹들이 먹

구름처럼 피어났다.

'백검룡이 대체 어떻게 알고 이곳을 찾아냈으며, 무엇 때문에 왔다는 말인가?'

가려와 비선 등이 접객당에 도착했을 때에는 호리가 이미 백검룡 일행을 만나고 있는 중이었다.

호리가 단상의 태사의에 늠름하게 앉아 있고, 그 뒤에 혁련천풍과 혁련상예가 우뚝 서 있었다.

그리고 단하에 준수한 외모의 백검룡이 호리를 향해 장승처럼 서 있고, 그 뒤에 선황과 삼현선로 중 첫째인 천현 진인과 셋째 인현 진인이 나란히 서 있었다.

지금 백검룡과 천현, 인현 진인 세 사람은 호리 뒤에 나란히 서 있는 혁련천풍 남매에게 시선을 고정시킨 채 크게 놀라고 있었다.

그들 세 사람은 이곳에서 혁련천풍 남매를 보게 될 줄은 상상조차 하지 못했었다.

더구나 혁련천풍 남매가 마치 호리의 호위무사인 듯 그 뒤에 나란히 서 있는 것을 보고는 놀라움이 가중되었다.

멸문한 무황성의 대공자와 삼소성주가 새로 개파한 중천보에 있다니, 더구나 참마검객의 호위무사처럼 행동하고 있으니 놀라지 않으면 정상이 아닐 터이다.

그 놀라움 때문에 백검룡 일행은 자신들이 찾아온 목적마저 잠시 잊은 채 장내에는 무거운 침묵이 흐르고 있었다.

저벅저벅…….

대전 입구로 들어선 가려와 비선 등은 곧장 백검룡 뒤쪽으로 걸어갔다.

백검룡과 천현, 인현 진인이 힐끗 가려 등을 뒤돌아보았다.

가려와 비선 등은 백검룡 일행을 알고 있지만 그들은 그녀들을 본 적이 없었다.

가려 등은 백검룡 곁을 찬바람을 일으키면서 스쳐 지나가 단상으로 올라갔고, 비선과 삼봉, 십봉은 단하 양쪽에 백검룡을 향해 늘어섰다.

가려가 다가가자 혁련천풍 남매가 그녀를 향해 정중하게 허리를 굽히면서 포권을 했다.

"총호법을 뵈오."

그 광경을 지켜보고 있던 백검룡 등은 다시 한 번 놀라는 표정을 지었다.

과연 가려가 누구이기에 혁련천풍 남매가 예를 취하는 것인가 하는 표정이었다.

혁련천풍과 백검룡은 비슷한 나이지만 친구는 아니다. 친구가 되기에는 일단 신분부터가 달랐다.

백검룡은 선황과의 문주였고, 혁련천풍은 무황성의 대공자였기 때문이다.

그러나 두 사람은 친구나 다름이 없는 막역한 사이로 자주

왕래를 했으며, 또한 봉황궁주 옥선후를 두고 경쟁을 벌인 연적이기도 했었다.

백검룡 등은 다시 호리에게 시선을 주었다. 조금 전에 그를 처음 봤을 때와는 사뭇 다른 느낌의 시선이었다.

당금 무림에서 가장 주목을 받고 있는 인물인 참마검객이 혁련천풍 남매와 또 그들의 예를 받는 신비한 여인을 수하로 거느리고 있으니 당연한 일이었다.

"당신들은 이곳에 무슨 일로 왔나요?"

호리의 오른쪽에 선 가려가 백검룡 등을 주시하며 차가운 얼굴로 물었다.

백검룡은 가려를 무시하는 표정을 지었다.

"우린 참마검객에게 볼일이 있어서 찾아왔으니 제삼자는 빠져주시오."

가려의 초승달 같은 아미가 상큼 치켜 올라갔다.

"이곳은 중천보예요. 보주의 총호법인 내가 빠져야 할 일이 무엇인지 궁금하군요?"

"그대 같은 여자가 나설 일이 아니오."

백검룡은 일파지존다운 위엄을 보이며 은근히 꾸짖었다.

가려가 가볍게 냉소를 쳤다.

"흥! 문파를 멸문시키고 갈 곳 없이 떠돌아다니는 자에게는 나를 업신여길 자격이 없는 것 같군요."

극에 달한 모욕의 말이었다.

그다지 수양이 깊지 않은 백검룡이 막 발작을 하려는 순간에 뒤에 서 있는 천현 진인이 가볍게 헛기침을 하여 그를 일깨워 주었다.

"험!"

천현 진인은 그 기회에 설익은 제자를 제치고 자신이 전면에 나섰다.

"실례오만, 총호법께서 참마검객을 대신할 권한이 있소?"

과연 생강은 늙을수록 맵다는 말이 맞았다. 그는 빙빙 돌리지 않고 핵심을 찔렀다.

참마검객이든 아니든 실권이 있는 사람과 대화를 나누겠다는 뜻이었다.

과연 천현 진인의 말은 가려의 정곡을 찔렀다. 그녀가 아무리 총호법이고 호리와 친하지만 그를 대신할 수는 없었다.

그런데 그때 호리의 조용한 음성이 가려의 고막과 가슴을 동시에 울렸다.

"그녀는 나를 대신하고도 남음이 있소."

가려는 속으로는 크게 감동했으나 겉으로는 내색하지 않으려고 애쓰면서 호리를 바라보았다.

호리는 조각을 깎아놓은 듯한 모습으로 천현 진인을 주시할 뿐 그녀를 쳐다보지 않았다.

가려는 그런 호리를 보면서 표현할 수 없을 만큼의 신뢰와 애정을 느꼈다.

혁련천풍 남매 역시 방금의 광경을 지켜보면서 뿌듯함을 맛보았다.

굳이 가려가 아니라 혁련천풍 남매라고 하더라도 호리는 서슴없이 자신을 대신할 권한을 주었을 것이라는 사실을 짐작할 수 있기 때문이었다.

그것은 누구도 흉내 내기 어려운, 오직 호리만이 할 수 있는 전폭적인 신뢰였다.

가려는 천현 진인을 굽어보면서 어떠냐는 듯 의기양양한 표정으로 입을 열었다.

"자, 이제 용건이 무엇인지 말해봐요."

천현 진인은 호리를 보면서 자신의 제자인 백검룡의 미흡함을 새삼스럽게 절감했다.

"단도직입적으로 말하겠소이다."

천현 진인은 나직하면서도 진중하게 말문을 열었다.

"무림삼황이 통합하여 대황천(大皇天)을 만들었소. 현재 천하 무림을 제패하려고 살육을 일삼고 있는 마봉천을 상대하기 위함이오."

가려의 눈매가 날카롭게 변했다. 하지만 그녀는 반박하지 않고 듣기만 했다.

속이 꼬였지만 아직 백검룡 등이 이곳에 찾아온 목적을 듣지 못했다.

무슨 일인지 짐작은 가지만 말을 들어보고 나서 반응해도 늦지 않을 터이다.

"대황천주는 검황루주인 천궁검(天窮劍) 황비천(黃飛天)이오. 그가 우리를 보내어 참마검객을 본 천으로 모셔오도록 했소이다. 보주께서 우리와 함께 대황천으로 가신다면 요구하는 모든 조건을 수락하겠소."

천현 진인은 할 말을 다 한 듯 입을 다물고 호리를 주시했다. 아니, 할 말은 많지만 사족이 될까 봐 그만둔 것이다.

그러나 호리는 처음이나 다름없이 입을 다문 채였고, 가려가 대신 말문을 열었다.

"할 말 다 했나요?"

"그렇소."

가려의 눈매가 매서워졌고 입가에 차가운 냉소가 매달렸다.

그것을 보면서 천현 진인과 백검룡 등은 불길함이 등줄기를 훑는 것을 느꼈다.

"우선 대황천이라는 존재가 얼마나 같잖고 우스운지 말해야겠군요?"

과연 가려의 입에서 좋은 말이 나올 리가 없었다.

그녀는 호리 뒤에 나란히 서 있는 혁련천풍 남매를 손으로 가리키면서 눈으로는 천현 진인 일행을 쏘아보았다.

"무림삼황이 모여서 대황천을 이루었다고요? 무황성주의 직계가족이 이곳에 있는데 대체 어느 누가 무황성을 대표하고 있는 것이죠?"

천현 진인 등의 얼굴에 당혹감이 스쳤다. 가려의 말이 옳기 때문이다.

그러나 천현 진인은 과연 무림의 명숙답게 흔들리지 않고 조용히 대답했다.

"무황성 이소성주가 금룡위와 황룡위, 그리고 휘하 고수 사백여 명을 이끌고 합세를 했소."

이소성주라면 혁련무성이다. 그의 이름이 나오자 혁련천풍 남매는 반가워하기보다는 가볍게 눈살을 찌푸렸다. 그가 아직 살아 있다는 사실이 역겹기까지 했다.

가장 적의를 드러낸 사람은 단연 호리였다. 조연지를 납치한 장본인이 혁련무성이기 때문이었다.

그런 쓰레기가 무황성의 잔존 세력을 이끌고 무황성을 대표하여 대황천을 만드는 데 일조했다니, 가소로움과 역겨움이 솟구쳐 호리의 인상이 자신도 모르게 구겨졌다.

천현 진인과 백검룡 등은 '혁련무성'이라는 말에 호리 등이 냉담함을 넘어서 적의까지 드러내자 적이 놀랐지만 이유를 알지 못했고 물을 수도 없었다.

그때 가려의 준열한 목소리가 대전을 흔들었다.

"그처럼 무림삼황의 쓰레기들이 모여서 만든 대황천이 마봉천을 상대하려는 목적은 순전히 복수와 자신들의 잃어버린 권세를 되찾으려는 것뿐이지, 무림의 평화와 안녕하고는 거리가 멀어요. 그렇지 않은가요?"

"그것은 아니오. 우리는……."

가려는 가차없이 천현 진인의 말을 잘랐다.

"우리는 과거의 잘못을 반성하고 진실로 무림을 위해서 희생하려는 것이다. 그렇게 말하려는 것인가요?"

"……."

천현 진인은 가슴이 뜨끔하며 할 말을 잃었다. 정말 그렇게 말하려고 했기 때문이다.

가려의 목소리는 갈수록 차가워졌고 높아졌다.

"무림인들이 볼 때에는 무림오황 시절이나 마봉천 시절이나 달라진 것이 없어요! 왜 그런지 아나요? 마봉천이나 대황천이나 모두 과거에 무림오황이었기 때문이죠! 그들 다섯 개의 황이 서로 세력싸움을 하는 통에 죽어나는 것은 대다수 무림인들이고 선량한 백성들이라는 사실을 알고는 있나요?"

그녀의 말 한마디 한마디는 비수가 되어 천현, 인현 진인과 백검룡, 그리고 혁련천풍 남매의 가슴에 꽂혔다.

뿐만 아니라 그 말은 가려 그 자신에게 하는 따끔한 자숙의 소리이기도 했다.

그녀 역시 무림오황 중 하나인 봉황군의 사인자 단봉군주의 신분이기 때문에 그녀가 방금 밀한 질책에서 자유로울 수가 없는 것이다.

아니, '단봉군주이기 때문에' 라기보다는 '단봉군주였기 때문에' 라는 과거형이 옳았다.

그녀는 지금 자신의 신분이 단봉군주라는 사실은 거의 인식하지 못하고 있다.

그녀는 중천보의 총호법인 것이다.

그러므로 방금 한 말은 과거 단봉군주였던 자신에 대한 자성의 말이기도 했다.

"당신들을 도와 마봉천을 물리치고 나면 당신들은 다시 과거 무림오황 시절로 되돌아갈 것이고, 당신들을 도운 사람들은 또다시 당신들 그늘 아래에서 신음하게 되겠지요. 아니, 그때에는 무림오황이 아니라 무림삼황이나 대황천이 천하 무림을 지배하게 되겠군요?"

지금 그녀가 하고 있는 말은 호리를 너무도 정확하게 대변하는 것이었다.

그녀가 아니라 혁련천풍이나 혁련상예, 비선 등이 이 상황에서 말을 한다고 해도 거의 비슷한 내용이 될 것이다.

그만큼 그들 모두는 어느새 호리를 많이 닮아 있었다.

과거에 지은 죄가 산처럼 많았던 무림오황의 일원인 백검룡 일행은 유구무언 할 말이 없었다.

가려는 그런 그들에게 철퇴 같은 마지막 말을 퍼부었다.

"다 같은 새라고 해도 꿩은 산으로 가고 오리는 물로 가는 법. 당신들과 우리는 갈 길이 달라요. 그만 돌아가요."

속이 다 후련한 가려의 일장연설이었다. 호리와 혁련천풍 남매, 심지어 비선과 삼봉, 십봉까지 흡족한 미소를 떠올리고 있었다.

천현 진인은 착잡한 표정으로 잠시 고개를 숙이고 있다가 다시 고개를 들고 호리를 쳐다보았다.

아무리 가려가 호리를 대신한다고 해도 호리에게 최종적으로 확인을 해야만 했다.

"참마검객 도우의 뜻도 정녕 그러하오?"

호리는 볼 것도 없다는 듯 고개를 끄덕였다.

"그렇소."

천현 진인은 고개를 끄덕이고는 돌아서려다가 백검룡이 일그러진 표정을 짓고 있는 것을 발견했다.

그가 아차! 싶어서 그를 만류하려고 했을 때에는 이미 늦고 말았다.

백검룡은 앞으로 성큼성큼 두 걸음 나서면서 가려를 가리키며 성난 얼굴로 꾸짖었다.

"너는 대체 누구냐?"

무림오황의 지존이었던 인물치고는 수양심도 예절도 없는 행동이었다.

가려의 눈이 샐쭉해졌다.

"내 이름은 가려! 중천보의 총호법이다!"

백검룡은 거만하게 어깨를 들먹거리면서 코웃음을 쳤다.

"우리가 필요로 하는 것은 참마검객이라는 하눌타리 같은 이름뿐이지 사람이 아니다! 그동안 참마검객은 무림이 혼란한 틈을 타서 마황부의 오합지졸인 마성군 몇백 명을 죽이고 참마검객이라는 허명을 얻었거늘, 너는 그의 허명을 믿고 너무 건방지구나!"

"문주……."

천현, 인현 진인이 놀라서 급히 만류하려고 했지만 백검룡은 오히려 앞으로 한 걸음 더 나서며 더 큰 목소리로 기세등등하게 소리쳤다.

"참마검객! 네가 정녕 허명을 얻은 것이 아니라면 나와 일전을 겨루어보는 것은 어떠냐?"

"태성아!"

급기야 천현 진인이 제자 시절의 백검룡의 도명을 부르며 꾸짖기에 이르렀다.

"핫핫핫! 내가 두려워서 나서지 못하는 것이냐?"

그러나 백검룡은 천현 진인의 말에는 아랑곳하지 않고 오히려 고개를 젖히고 호리를 비웃기에 바빴다.

장내에는 팽팽한 긴장이 감돌았다.

第八十一章
폭풍 전야

一擲賭者乾坤

저벅저벅……

그때 대전 입구 쪽에서 발자국 소리가 들려오자 백검룡 등은 재빨리 뒤돌아보았다.

들어선 사람은 은초와 철웅이었다. 두 사람은 보무도 당당하게 어깨를 활짝 펴고 걸어 들어왔다.

그리고 그 뒤로 왕사를 비롯한 네 명의 당주들과 백칠십여 명의 중천보 수하들이 일사불란하게 밀려 들어왔다.

은초와 철웅이 단상으로 향하고 있을 때, 왕사 등 네 명의 당주는 수하들을 지휘하여 순식간에 백검룡 등을 겹겹이 포위해 버렸다.

포위망 가장 안쪽을 이룬 사람들은 제일당, 즉 중천보에서 가장 고강한 무사들이었다.

천현, 인현 진인은 주위를 살펴보다가 그들이 결코 오합지졸이 아니라는 사실을 간파하고 적잖이 긴장했다.

은초와 철웅이 단상으로 올라서자 가려와 혁련천풍 남매가 그들을 향해 포권을 하며 정중히 예를 취했다.

"우보주와 좌보주를 뵈옵니다!"

총호법에 이어서 좌우보주까지 등장하자 백검룡 등은 적잖이 놀라 두 사람을 쳐다보았다.

"무슨 일인가?"

은초가 짐짓 위엄있게 단하를 쓸어보면서 제법 드레진 표정으로 가려에게 물었다.

가려가 백검룡을 가리키면서 공손히 대답했다.

"저자는 과거 무림오황 중에 선황파의 문주인 백검룡인데, 불쑥 본 보에 찾아와서 행패를 부리고 있군요."

'배, 백검룡?!'

은초는 '선황파 문주 백검룡'이라는 말에 심장이 목구멍 밖으로 튀어나올 정도로 혼비백산했다.

반면에 백검룡이 누군지 모르는 철웅은 퉁방울 같은 눈알을 데룩데룩 굴리기만 할 뿐이었다.

은초는 접객당에서 누군가 소란을 피우고 있다는 보고를 듣고 부랴부랴 전 수하를 이끌고 왔을 뿐이지, 소란을 피우는 장본인이 누군지는 알지 못했다.

가려가 말을 이었다.

"방금 전에 저자가 보주께 도전을 했어요. 건방지기 짝이 없는 작자예요. 속하가 잠시 저자를 징계하는 동안 좌우보주께선 구경하고 계세요."

은초는 심장이 잔뜩 오그라드는 것을 느꼈다.

'흐익! 배, 백검룡이 보주에게 도전을?'

격세지감도 이런 격세지감이 없었다. 멸문했다고는 하지만 과거 무림오황의 하나인 선황파의 문주가 중천보주에게 도전을 하다니, 은초는 두려운 가운데에서도 짜릿짜릿한 쾌감을 만끽하고 있었다.

항주성에서 하오배들 밑에서 뒤치다꺼리나 하던 그들이 이제는 선황파 문주의 도전을 받을 정도로 성장을 했다는 사실이 믿어지지 않을 정도였다.

그래서 그는 두려움과 똥배짱 사이에 놓인 아슬아슬한 줄다리기를 즐겼다.

"험! 총호법은 물러나 있게. 오래전부터 백검룡의 명성을 들어왔었는데 오늘에서야 만나보니까 흥이 절로 이는군. 저자는 내가 상대해 주겠네."

간이 배 밖으로 튀어나와 허공을 둥둥 떠다닐 정도의 똥배짱이었다.

은초는 자신이 그렇게 나오면 가려든 호리든 누군가 말릴

줄 알았다. 그런데 그게 아니었다.

"어머? 그러시겠어요? 그럼 속하는 명령에 따르겠어요."

그런데 가려는 오히려 반색을 하면서 정말 뒤로 물러나는 것이 아닌가.

'에구머니나!'

순간 은초는 덴겁하여 얼굴이 시꺼멓게 변해서 급히 가려를 쳐다보았다.

가려는 생글생글 웃으면서 남모르게 한쪽 눈을 찡긋해 보이며 고소하다는 표정을 지었다.

'저, 저게!'

그러나 이미 엎질러진 물이라서 주워 담을 수도 없다. 은초는 자신이 왜 분수도 모르고 주제넘게 나섰는지 후회막급이었지만 이미 때는 늦었다.

좌중에 침묵이 흘렀고, 백검룡이 은초를 주시하면서 싸울 태세를 갖추고 있었다.

은초는 이제 자신이 나설 수밖에 없다는 사실을 깨달았다. 그렇지만 단하로 걸음이 옮겨지지 않았다.

그가 제아무리 봉황궁의 무공을 배웠다고는 하지만 상대는 백검룡이었다.

그것은 실로 계란으로 바위를 치는 것이나 진배가 없는 일인 것이다.

그렇다고 이제 와서 자신이 실언을 했으니 없던 일로 해달라고 물러날 수도 없었다.

중천보의 모든 수하가 지켜보는 가운데 그런 말을 한다면, 그것은 말 그대로 자멸이었다.

그가 이러지도 저러지도 못한 채 다리만 후들후들 떨고 있을 때 그의 뒤에서 호리의 나직한 목소리가 들렸다.

"물러서게, 우보주. 저자는 나를 지목했으니 내가 상대해 줘야 예의지."

은초는 반색을 하면서 급히 뒤돌아보았다. 호리가 태사의에서 일어나고 있는 모습이 보였다.

"보주, 하지만 그는 내가… 읍!"

은초는 아직도 정신을 차리지 못하고 헛소리를 하려다가 제풀에 소스라치게 놀라 손으로 급히 자신의 입을 틀어막아야만 했다.

저벅저벅…….

호리는 천천히 계단을 걸어 내려갔다.

'으흐흐…….'

다리에 힘이 풀린 은초가 그대로 주저앉으려는 것을 가려가 손을 뻗어 팔을 잡아주었다.

가려는 그를 일으키면서 배시시 미소를 지으며 전음으로 종알거렸다.

"그러니까 평소에 나한테 잘했어야죠."

호리는 백검룡의 전면 열 걸음쯤에 멈춰 섰다.

백검룡은 몹시 긴장한 반면에 호리는 태연자약했다.

가려는 호리가 백검룡의 상대가 되지 못할 것이라는 사실을 알고 있었다.

모르긴 해도 백검룡의 공력은 최소한 삼 갑자, 즉 백팔십 년은 될 것이다.

그에 비해서 호리의 공력은 이 갑자를 약간 상회하는 정도인 약 백사십 년 수준이다. 공력 면에서는 백검룡의 상대가 되지 않았다.

하지만 호리에겐 천외삼절공 중 하나인 제룡천력이 있었다.

가려는 어쩌면 제룡천력이 그의 모자라는 공력을 대신해 줄 것이라고 믿고 있었다.

그때 문득 천현, 인현 진인과 백검룡의 시선이 일제히 호리의 어깨에 메어져 있는 칠룡검으로 향했다.

그 검은 다름 아닌 과거 천현 진인이 약속의 징표로써 봉황옥선후 사도빙에게 주었던 무당파의 보검인 칠성검이었던 것이다. 그것이 호리의 어깨에 있으니 놀라는 것은 당연했다.

"무량수불… 시주께선 그 검을 어디에서 얻으셨소?"

급기야 천현 진인은 칠성검을 가리키면서 그렇게 묻지 않을 수가 없었다.

그러나 호리는 그의 물음을 철저히 무시했다. 그럴 수밖에 없었다.

칠성검은 호선이 주었는데, 그는 호선에 관한 일은 외인들에게 입도 벙긋하기 싫어했다.

"우리는 언제 싸우는 것이오?"

대신 백검룡을 주시하며 조용한 어조로 물었다.

바짝 긴장하고 있던 백검룡은 흠칫 몸을 떨고는 숨을 길게 들이마셨다.

"아무 때나 상관이 없소."

호리는 가볍게 고개를 끄덕였다.

"그럼 지금부터 싸우도록 합시다."

이어서 그는 감히 방심하지 않고 전신의 공력을 극한으로 끌어올리면서 일원심법을 운기했다.

그러나 그는 한 가지 착각을 한 것이 있었다. 제룡천력의 기초 구결은 전반부는 심법이고 후반부는 신공이었다.

즉, 제룡신공(帝龍神功)이라고 불리는데, 그것은 독립적으로 하나의 절학이 될 수도 있었다.

호리는 제룡신공의 구결을 전반부에 이어서 후반부까지 빠르게 운기했다.

우르르르—

그러자 갑자기 대전 전체가 묵직하게 진동하기 시작했다.

백검룡 등은 움찔 놀라 재빨리 주위를 살펴보다가 마지막으로 시선이 호리에게 멈춰졌다.

진동의 진원지는 호리였다. 그는 은은한 오색광휘에 휩싸인 채 우뚝 서 있으며, 또한 그 자신은 조금도 흔들림이 없는데 그가 딛고 선 바닥이 상하로 격렬하게 진동하고 있었고, 그것 때문에 대전 전체가 금방이라도 무너질 듯이 전율하고 있는 것이었다.

천현 진인의 시선이 호리의 몸에서 뿜어져 나와 그를 휘감은 채 서서히 회전하고 있는 오색광휘에 고정되었다.

오색광휘는 금광, 백광, 홍광, 청광, 흑광이었다. 그것들이 처음에는 흐릿하면서도 은은한 색이었다가 점차 짙어지면서 회전하고 있었다.

어느 순간 그 오색광휘는 서서히 어떤 형상으로 변해가더니 마침내 오색의 다섯 마리 용이 되었다.

바로 오룡(五龍)인 것이다.

다섯 마리 용이 꿈틀거리면서 호리의 몸 주위를 선회하고 있는 광경은 실로 환상적이면서도 장엄했다.

그 순간 강호의 경험이 풍부한 천현 진인과 인현 진인이 동시에 놀람의 탄성을 터뜨렸다.

"제룡천력!"

그 말에 몇몇 사람들이 혼비백산하며 표정이 급변했다.

백검룡은 두 눈을 부릅뜨고 입을 크게 벌린 채 마치 천신 같은 모습의 호리를 쏘아보았다.

그리고 단상의 혁련천풍 남매와 은초, 철웅은 놀라움과 경이로움이 뒤범벅된 표정으로 호리를 쳐다보았다.

사실 호리가 제룡천력을 연공했다는 사실은 비선만 알고 있었으며, 그녀가 가려와 삼봉, 십봉에게 말해주어서 그녀들만 알고 있었다.

스으……

그때 호리가 천천히 양손을 들어 올렸다.

휴우우―

쿠우우―

양손에서 각기 다른 음향이 흐르면서 오른손은 금광으로, 왼손은 홍광으로 물들었다.

즉, 오른손으로는 금룡신장을, 왼손으로는 화룡신장을 전개하려는 것이었다.

그때 호리의 몸 주위를 선회하던 다섯 마리 용들 중에서 금룡과 화룡이 양쪽으로 갈라지더니 금룡은 오른팔을, 화룡은 왼팔을 칭칭 휘감으며 머리를 손 쪽으로 향했다.

그것을 바라보는 백검룡은 공력을 끌어올릴 생각도 하지 못한 채 얼굴이 점차 해쓱하게 변했다.

그 모습을 보고 있는 천현 진인의 표정이 씁쓸하게 변했다.

그는 자신의 제자인 백검룡의 못난 점을 누구보다 잘 알고 있었다.

쿵!

그때 백검룡이 그 자리에 무너지듯이 무릎을 꿇더니 이마를 바닥에 대며 조아렸다.

"으으… 내… 내가 졌소……."

목소리는 와들와들 떨려 나왔다. 그는 자신의 무공을 누구보다 자신하고 있지만, 천외삼절공의 제룡천력을 상대할 만한 자신은 없었다.

천현 진인과 인현 진인의 얼굴이 참담하게 일그러졌다.

호리는 무릎을 꿇은 채 고개를 숙이고 있는 백검룡을 굽어보다가 이윽고 공력을 거두었다.

그러자 오룡과 오색광휘가 한순간에 사라져 버렸다.

호리는 백검룡을 응시하며 조용한 어조로 물었다.

"내가 이곳에 있는 것을 어떻게 알았소?"

백검룡은 참담한 얼굴로 호리를 올려다보면서 대답했다.

"개방 방주 무궁신개가 알려줬소."

호리의 표정이 돌처럼 차갑게 굳어졌다.

'그자가!'

결국 가려는 호선의 일을 호리에게 말하지 못했다.

이유는 한 가지뿐이었고, 그것이 무엇인지 그녀도 잘 알고 있었다.

지극히 사적인 이유 때문이었다. 호선에 대해서 말하게 될 경우, 호리가 크게 실망하여 호선을 등질 수도 있으며, 그렇게 되면 가려 자신도 그에게 버림받을 것이라는 비관적인 추측 때문이었다.

말도 안 되는 이유였지만, 사실 그녀에게는 그보다 더 큰 이유가 없었다.

그만큼 그녀에게 호리는 중요한 사람이었다. 아니, 그녀의 인생 전부라고 말해도 과언이 아니었다.

그리고 비선과 삼봉, 십봉도 가려의 그런 심정을 십분 이해했으며, 그녀들도 은연중에 동조하고 있는 실정이었다. 이즈음 그녀들도 봉황궁보다는 중천보에 더 강한 애착을 느끼고 있었기 때문이다.

그렇지만 가려는 호리에게 호선에 대해서 말하는 것을 더이상 미룰 수가 없게 되었다.

왜냐하면, 추공으로부터 또 한 통의 급보가 날아들었기 때문이었다.

마랑군이 이끄는 마황부 전 고수가 추격 중.

긴 설명을 모두 듣고 난 호리는 한동안 침묵을 지켰다.

호리는 규칙적으로 비우던 술잔을 꼭 쥔 채 마시지도, 내려놓지도 않고 굳은 얼굴로 맞은편 벽을 응시하고 있었다.

그 앞에 서 있는 가려는 초조함이 극에 달해서 자신도 모르게 몸을 가늘게 떨고 있었다.

호리의 침묵이 길어질수록 그녀의 초조함도 떨림도 심해졌다.

그래서 그녀는 끝내 견디지 못하고 먼저 입을 열었다.

"당신… 괜찮아요?"

그녀의 목소리까지 가늘게 떨려 나왔다.

호리가 천천히 벽에서 시선을 거두어 가려를 쳐다보았다.

물끄러미 자신을 응시하는 호리의 눈길을 참지 못하고 가려가 다시 조심스럽게 입을 열었다.

"이제는 호선을… 아니, 궁주를 미워하게 된 거예요?"

가려는 호리가 가볍게 미간을 좁히는 것을 보면서 가슴이 철렁 내려앉았다.

"그녀는 미워해도… 저는… 당신 사람이잖아요. 저는 봉황궁 같은 것은 까맣게 잊었단 말이에요."

그녀의 목소리는 차라리 고백이었다. 그리고 울음이 가득 배어 있었다.

아니, 실제 그녀는 울고 있었다. 고백이 애원으로 변하고 있었다.

"저를 버리지는 마세요. 저는 이곳이 좋아요. 그리고 당신도 좋아요."

그녀는 비 오듯이 눈물을 흘리고 있었다.

"아니, 당신을 사랑해요… 궁주가 당신을 사랑하는 것보다 더 많이 당신을 사랑해요… 당신과 헤어져서는 하루도 살 수 없을 것 같아요… 당신이 이렇게 만들었어요… 제게 너무 잘

해주었잖아요. 당신 탓이에요……."

호리는 물끄러미 그녀를 바라보고만 있을 뿐 말이 없었다.

가려의 흐느낌은 절규고 오열이었다.

"저는 더 이상 단봉군주가 아니라 중천보의 총호법이에요. 아니에요. 당신 곁에 머물 수만 있다면 총호법이 아니라 일개 하녀라도 좋아요. 제발……."

털썩!

마침내 모든 것을 내던져 버린 가려는 호리 앞에 무릎을 꿇고 말았다.

"으흐흐흑……!"

그리고는 고개를 숙이고 어깨를 들먹이며 흐느껴 울었다.

그때 그녀는 자신의 몸이 번쩍 들려지는 것을 느끼고 깜짝 놀라 울음을 그쳤다.

호리는 그녀를 가볍게 안아 올려 자신의 무릎에 앉혔다.

가려는 무슨 영문인지 몰라서 눈을 동그랗게 뜨고 놀랐다.

호리는 한 손으로는 가려의 엉덩이를 받쳐서 안고 다른 손으로 그녀의 눈물을 닦아주며 온화하게 미소 지었다.

"가려, 술 취해서 잠든 내 음경을 잡아 뽑을 듯이 움켜잡던 용기는 다 어디로 가고 이렇게 울보가 돼버린 것이냐?"

가려는 소스라치게 놀라 그를 빤히 쳐다보다가 겨우 입을 열었다.

"당신… 그때 잠들었던 것이 아니었나요?"

"그럼."

"왜… 가만히 계셨던 거죠?"

호리는 짓궂은 미소를 지었다.

"나도 모르겠어. 어쩌면 네가 어떻게 해주기를 기대했었는지도 모르지."

"당신……."

가려는 얼굴이 새빨개졌다. 그러다가 문득 지금은 이럴 때가 아니라는 생각이 들었다.

"저를… 내쫓지 않을 건가요?"

호리는 빙그레 미소 지으면서 고개를 끄덕였다.

"그럼."

그는 가려의 엉덩이를 슬슬 쓰다듬으면서 껄껄 웃었다.

"하하하! 이렇게 예쁜 엉덩이를 갖고 있는 여자를 다시 찾아내는 일은 그리 쉽지 않을걸?"

그가 농담을 해도 가려는 예전처럼 눈을 흘기지도, 토라질 수가 없었다.

"궁주를… 용서할 수 있어요?"

호리는 눈부신 미소를 떠올렸다.

"호선이 내게 무엇을 잘못했는데?"

"그것은……."

"그녀는 기억을 잃었었어. 그랬다가 갑자기 기억을 되찾고는 혼란스러웠겠지. 짐승도 날이 어두워지면 제 굴로 찾아가는데, 하물며 인간인 그녀가 기억을 되찾고 제일 먼저 집으로 가지 않았다면 그것이 오히려 이상하지."

"네……."

가려는 호리의 무릎이 포근하다고 느꼈다. 그래서인지 그의 목소리가 꿈결처럼 들렸다.

"호선은 내게 잘못한 것이 없어. 아니, 설혹 잘못한 것이 있다고 해도 나는 그녀를 다 용서할 수 있어. 그녀를 위해서 내 목숨을 바칠 수도 있는데 무엇인들 용서하지 못하겠어?"

"당신은… 저한테도 그럴 수 있어요?"

상황이 용기가 솟도록 해주는 법이다. 가려는 꿈결 속에서 사근사근 속삭였다.

"물론이지. 호선도 가려도 내겐 다 소중한 사람들이야."

"그럼 저를 사랑하고 있는 것인가요?"

"그렇다고도 할 수 있지."

"사랑한다고 말해주세요."

호리는 고개를 가로저었다.

"그건 안 돼."

"왜죠?"

욕심은 욕심을 부른다.

"나는 아직 호선에게도 사랑한다는 말을 하지 못했어. 그녀에게 먼저 말해야지."

버림을 받지 않은 것만으로도 감지덕지인데 가려의 욕심

은 끝이 없었다. 사랑의 욕심이다.

"그녀보다 제가 더 당신을 사랑해요."

"그것은 모르는 일이지."

갑자기 가려는 그의 무릎에서 내려와 무릎을 꿇고 앉아서는 느닷없이 그의 괴춤 속으로 손을 불쑥 집어넣어 음경을 한 손 가득 잡았다.

"그녀도 이렇게 한 적이 있었나요?"

호리는 어이없는 표정을 지었지만 뿌리치지는 않았다. 그리고는 과거의 어떤 시점을 기억해 내곤 빙그레 미소를 지었다.

"하하! 호선은 내 그것을 입으로 물기도 했었어!"

그것은 사욕이라고는 한 올도 없는 기억 속의 한 단편일 뿐이었다. 최소한 호리는 그런 뜻으로 말했다.

"입으로 물었다고요?"

"......"

갑자기 단호하게 변한 가려의 목소리 때문에 호리가 의아한 표정을 지을 때, 그녀가 갑자기 그의 하의를 아래로 잡아당겨 벗기는 동시에 얼굴을 음경으로 가져갔다.

다음 순간 호리는 대경실색해서 처절하게 부르짖었다.

"가려! 그게 아냐!"

그러나 때는 늦고 말았다.

        *   *   *

 어떻게 알려졌는지 마봉천의 공조가 깨어졌으며, 옥선후 사도빙과 마랑군이 싸워서 사도빙이 중상을 입은 채 쫓기고 있다는 소문이 전 무림에 파다하게 퍼졌다.

 또한 세 가지 굉장한 소문이 천하를 발칵 뒤집어놓았다.

 첫째, 누군가에 의해서 참마검객의 실체가 완전히 벗겨졌다는 사실이었다.

 그는 과거 항주성의 협잡꾼 호리라는 자이며, 옥선후 사도빙과는 연인 관계라는 것, 중천보주이면서 천외삼절공의 제룡천력을 연마한 절세고수라는 등등의 소문이었다.

 둘째, 옥선후 사도빙이 참마검객 호리를 만나기 위해서 봉황궁의 전 세력을 이끌고 중천보가 있는 산동성 봉래현으로 북상 중이며, 마랑군은 그녀를 잡기 위해서 역시 마황부의 전 세력을 이끌고 전력으로 추격하고 있다는 것.

 셋째, 제삼의 세력. 즉, 중천보가 급속도로 팽창하고 있다는 것이다.

 소문을 듣고 천하 곳곳에서 수많은 방, 문파들과 무림고수들, 칠파일방이 주축이 된 무림맹과 무림삼황이 이룩한 대황천까지도 모여들고 있으며, 심지어는 은거한 기인이사들마저 속속 중천보로 운집하고 있다는 사실이었다.

 무림맹도, 대황천도, 그리고 모든 무림의 방, 문파와 고수들은 모두 사심을 버리고 오직 무림을 구한다는 일념 하나만으로 뭉쳤다고 한다.

무림삼황을 이끄는 보리옥불이 스스로 참마검객의 수하를 자청하자, 칠파일방은 물론이고 기인이사들까지 참마검객의 명령에 따를 것을 천명했다는 소문도 파다했다.

마지막은 수일 내로 하늘도 놀라고 땅도 놀랄 만한 공전절후의 무림대전쟁이 벌어질 것이라는 소문이 장식했다.

마랑군의 마황부가 사도빙의 봉황궁을 먼저 잡을 것인지, 아니면 참마검객의 중천보가 사도빙과 먼저 조우한 후에 마황부를 공격할 것인지의 여부가 초미의 관심사로 떠올랐다.

천하의 이목은 산동성의 작은 바닷가 마을인 봉래현으로 집중되어 있었다.

第八十二章
한 쌍의 여우[雙狐]

一擲賭者 乾坤

원래 봉황궁과 마황부의 연합세력은 강소성(江蘇省) 남부 지역인 태호(太湖) 변에 위치한 검황루를 괴멸시킨 후에 검황루의 거대한 대전각군을 임시로 사용하면서 두 세력이 합쳐 마봉천을 탄생시켰었다.

사도빙과 봉황궁은 검황루, 아니, 마봉천을 도주하여 지난 열흘 동안 장장 삼천여 리를 달려서 산동성과의 접경 지대가 멀지 않은 운태산(雲台山)에 이르러 있었다.

그리고 추격하는 마랑군과 마황부는 운태산으로부터 남쪽 이백오십여 리밖에 떨어지지 않은 팔탄현(八灘縣)까지 도달해 있는 상태였다.

채 하루도 지나지 않아서 따라잡을 수 있는 거리였다.

호리가 있는 곳이 멀지 않았다는 사실을 혼절 중에 알게 된 것인가.

사도빙은 마랑군의 호극마조에 적중당해서 혼절한 지 열흘째 한밤중에 정신을 차렸다.

"호리……."

눈을 뜨자마자 호선은 호리의 이름부터 불렀다.

깊은 산속의 사냥꾼이나 약초를 캐는 사람들이 가끔 사용할 뿐인 낡은 통나무집 안 풀 더미 위에 눕혀져 있는 사도빙의 안색은 분가루를 발라놓은 것처럼 창백했다.

"궁주!"

그녀의 곁을 한시도 떠나지 않은 추공이 기쁜 얼굴로 외쳤다.

"호리는……?"

그녀는 또 호리 이름만 불렀다.

문득 추공의 얼굴이 어두워졌다.

급보를 보낸 지 구 일이 지났는데도 아직까지 호리에게서는 이렇다 할 아무런 소식이 없었기 때문이다. 그렇지만 호선에게 그 사실을 내색할 수는 없었다.

"곧 도착하실 것입니다. 염려 마시고 정양이나 잘하십시오."

"그래, 곧 도착할 거야. 보고 싶어, 호리……."

해쓱한 얼굴에 그리움이 잔물결처럼 피어올라 넘실거렸다.

그녀는 잠시 영롱한 눈동자를 또르륵 굴리다가 생각난 듯 입을 열었다.

"조연지는… 어떻게 됐지?"

추공은 그녀가 홍엽의 안부를 먼저 묻지 않는 것이 조금 섭섭했으나 그 역시 내색하지 않았다.

"아직 도착하지 않았습니다."

마황부 마총군사의 거처로 조연지를 찾으러 갔던 홍엽이 지금껏 돌아오지 않고 있으며 어떠한 연락도 없는 상황이었다.

추공은 홍엽 때문에 속이 새카맣게 타고 있으나 그보다는 사도빙의 안위가 우선이었다.

"호리가 좀 늦어지는구나……."

추공은 '그는 오지 않을지도 모릅니다'라고 말하고 싶은 것을 꾹 참았다.

봉황궁은 도주하는 상황이라서 정보망을 제대로 활용하지 못하고 있는 상태였다.

그래서 지금 천하 무림의 정세가 어떻게 돌아가고 있는지 거의 알지 못했다.

"잠시 운공을 할 테니 호리가 도착하면 깨워줘."

사도빙은 그렇게 말하고는 곧 눈을 감았다.

추공이 밖에 나갔다가 다시 돌아왔을 때 사도빙은 운공에서 깨어 있었다.

그녀는 천장을 응시한 채 조용히 중얼거렸다.

"나… 무공이 폐지됐어."

"구, 궁주!"

추공은 하늘이 무너지는 듯한 충격을 받았다.

"괜찮아. 살아 있기만 하면… 호리를 만날 수 있잖아?"

"크흑! 궁주……."

봉황옥선후에게 무공의 폐지가 어떤 상황인지 너무도 잘 알고 있는 추공은 끓어오르는 절망과 슬픔을 참지 못하고 눈물을 쏟아냈다.

"홍엽이 조연지를 빨리 데리고 와야 하는데……."

그런데도 자신 걱정은 하지 않고 앉으나 서나 호리와 조연지만 걱정하는 사도빙이었다.

추공은 슬픔을 참으며 억눌린 듯한 목소리를 냈다.

"궁주, 다시 움직여야 합니다. 마황부의 추격이 삼십여 리쯤 더 가까워졌다는 보고입니다."

그렇지만 사도빙은 조금도 걱정하는 얼굴이 아니었다. 오히려 살래살래 고개를 가로저었다.

"여기에 있어야 해. 곧 호리가 도착할 거야."

"궁주……."

"거의 다 왔어. 조금만 기다려 봐."

추공은 답답해서 미칠 지경이었다.

"궁주! 그는 오지 않습니다! 제발 이성을 찾으십시오!"

그러나 사도빙은 그의 말을 듣고 있지 않았다. 그는 문을 보며 배시시 미소를 지었다.

"그가 왔어. 어서 문을 열어줘."

추공은 움찔했다. 사도빙이 마치 죽음 직전의 상태 같은 모습을 보이고 있기 때문이었다.

그는 심장이 벌렁벌렁 떨려서 어쩔 줄을 몰랐다.

"궁주… 제발……."

그때 느닷없이 통나무집의 문이 벌컥 열리면서 한 사람이 득달같이 달려 들어오며 외쳤다.

"호선아!"

추공은 움찔 놀라서 즉시 공격할 태세를 갖추고 쌍장을 발출하려고 했다.

나타난 사람. 호리는 곧장 누워 있는 호선을 향해 달려왔다.

"호선아!"

공격하려던 추공은 호리가 두 번째로 '호선아!'라고 부르는 외침에 급히 쌍장을 거두었다.

호리가 호선 곁에 무너지듯이 무릎을 꿇자 호선이 해쓱한 얼굴에 환한 미소를 지었다.

마치 비에 젖은 수선화가 꽃잎이 지기 전에 마지막으로 아름다움을 발산하는 듯한 모습이었다.

"늦었네?"

말로는 꾸짖으면서도 호선은 눈도 깜빡이지 않은 채 호리의 얼굴에서 시선을 떼지 못했다.

그의 모습을 자신의 눈 속에 깊이, 그리고 고스란히 담으려는 듯한 모습이었다.

"응, 너무 늦었지?"

호리는 반가움에 격하게 몸을 떨면서 그녀를 굽어보았다. 그 역시 호선의 얼굴에서 눈길을 떼지 못했다.

"안아줘."

호선이 두 팔을 힘겹게 들어 올리면서 수줍게 속삭였다.

호리는 덜덜 떨리는 두 팔로 그녀를 안아 올려 가슴속에 깊이 끌어안았다.

"호선아······."

"호리······."

호리와 호선의 만남.

한 쌍의 여우, 쌍호(雙狐)의 만남이었다.

호리는 호선을 자신의 몸속에 구겨 넣을 듯이, 호선은 그의 품속으로 스며들어 갈 듯이 서로를 깊이 안고 또 안았다.

호리도 울고, 호선도 소리없이 울었다. 눈물이 두 사람의 얼굴과 가슴과 추억과 사랑을 적시고 있었다.

그리고 추공도 돌아서서 주먹으로 눈두덩을 문지르며 어깨를 들먹이고 있었다.

두 사람은 아무도 먼저 떨어지려고 하지 않았다. 그렇게 두 사람의 몸과 마음이 녹아서 한 몸이 돼버린 것 같았다.

"궁주……."

추공이 조심스럽게 두 사람의 회포를 방해했다. 추격이 가까워지고 있었으므로 어쩔 수가 없었다.

"추공은 나가 있어."

사도빙은 호리의 품속에서 꿈을 꾸듯이 속삭였다.

"궁주."

"나는 무공을 잃었지만 내공은 단전에 고스란히 남아 있어. 이제부터 그것을 호리에게 줄 거야."

호리와 추공이 동시에 놀랐다.

호리는 급히 그녀를 떼어내며 소리쳤다.

"안 돼!"

사도빙은 방그레 미소 지었다.

"방법이 없어. 호리가 내 내공을 받아 마랑군을 죽여야만 해."

"……."

호리는 할 말이 없었다. 자신의 실력으로는 마랑군의 일초지적도 되지 못한다는 사실을 잘 알고 있기 때문이었다.

"난 호리만 있으면 돼. 호리가 살아 있으면 나도 살아 있고… 호리가 죽으면 나도 죽을 거야… 우린 하나니까……."

그렇게 속삭이는 호선의 미소는 슬프도록 아름다웠다.

추공이 조심스럽게 아뢰었다.

"마랑군만 죽인다고 해결되는 것이 아닙니다. 그에게는 아직 삼만정병이 건재합니다."

"삼만이라고 했소?"

호리가 최초로 추공을 보면서 조용히 물었다.

"그렇습니다."

추공은 더없이 공손하게 허리를 굽혔다.

호리는 봄바람처럼 빙그레 미소 지었다. 자신감이 뚝뚝 묻어나는 미소였다.

"밖을 보시오."

"밖은 왜?"

"보리옥불이 검황루와 무황성, 선황파의 세력들을. 그리고 칠파일방이 수십 개의 방, 문파들을. 그리고 천하에서 모여든 군웅들이 있을 것이오."

"……."

추공은 숨이 턱 막혀서 아무 말도 못했다.

호리는 호선을 사랑스럽게 응시하면서 말을 이었다.

"급해서 제대로 세어보지는 못했지만 아마 그들의 수가 이십만 명은 될 것이오."

"이십만……."

추공은 목이 꽉 잠겨서 아무 소리도 하지 못하고 비틀거리면서 밖으로 나갔다.

호리에 의해서 태어날 때의 모습처럼 알몸이 된 호선은 바닥의 풀더미 위에 고요히 누워 있었다.

"이 방법뿐이야?"

역시 알몸이 된 호리가 염려스러운 듯 묻자 호선은 생긋 수줍게 미소 지었다.

"왜? 싫어?"

"아니."

"이 방법뿐이야. 호리가 음경을 통해서 내 단전에 축적되어 있는 삼 갑자 반의 내공을 한 움큼도 남기지 말고 가져가야 하는 거야."

"응."

"그런 방법을 사용하면 단 십 년의 내공도 헛되지 않고 모두 호리의 것으로 만들 수가 있어."

이어서 호선의 눈길이 이미 단단하게 커진 호리의 음경으로 향했다.

"저 녀석… 성난 것 좀 봐. 엉큼하게."

"너를 보니까 그렇지 뭐."

"괜찮아? 예전에 나한테 물렸던 것은?"

"응."

호선은 손을 뻗어 가만히, 그리고 소중하게 호리의 음경을 붙잡았다.

그녀는 그 음경을 가려와 혁련상예가 수시로 마치 장난감처럼 잡고 주물렀다는 사실을 꿈에서도 모를 터이다.

이윽고 호리가 조심스럽게 호선의 가녀리면서도 풍만한 몸 위에 자신의 몸을 실었다.

"아……."

호선이 감미로운 신음을 토해냈다.

그리고 잠시 후 진짜 호리와 호선의 만남이 은밀하고 깊은 곳에서 이루어졌다.

추격하기에 급급한 마랑군과 마황부의 전 세력 삼만 정병은 아무것도 모르고 운태산 깊숙이 진입했다.

그것으로써 그들은 운태산에서 한 발자국도 밖으로 나가지 못하게 되었다.

원래 참마검객 호리를 따라온 이십만 명의 무림군웅은 마황부가 북상하는 길목만을 제외한 채 운태산을 겹겹이 포위하고 있었다.

그것은 마치 호리병 같은 모양이었으며, 뚜껑이 열려 있었다.

그 후 마황부가 운태산으로 들어서자마자 무림군웅이 재

빨리 호리병 뚜껑을 닫아버린 것이었다.

마랑군이 그 사실을 알았을 때는 이미 한참 늦은 후였다.

그리고 마랑군 앞에 한 명의 청년이 나타났다.

"마랑군, 너와 나 단둘이 싸워서 결판을 내자."

호리의 말에 마랑군은 미간을 좁혔다.

"너는 누구냐?"

호리 양쪽에 늘어서 있는 측근들 중에서 은초가 촉빠르게 으스댔다.

"무림에서는 이분을 참마검객이라 부르고, 우리는 그냥 호리라고 부르지."

"네놈이 호리!"

마랑군의 눈에서 불길이 쏟아졌다.

그는 누구를 찾는 듯 재빨리 주위를 살피다가 뜻을 이루지 못하고 호리에게 물었다.

"사도빙은 어디에 있느냐?"

호리는 빙그레 여유있는 미소를 지으면서 자신의 단전을 가리켰다.

"그녀는 내 안에 있다."

호선의 내공이 자신의 단전 안에 있다는 뜻이었는데, 마랑군은 달리 해석을 했다.

호리가 이미 호선의 순결을 가져갔다는 뜻으로 풀이한 것이었다. 그러나 그것도 틀린 해석은 아니었다.

"으드득! 네놈을 죽인 후에 사도빙, 그년마저 죽이겠다!"

마랑군이 이를 갈면서 공력을 끌어올리자 머리카락이 햇살처럼 확 벌어지면서 꼿꼿해지고, 온몸에서 눈을 뜨고 쳐다보기 어려운 눈부신 혈광이 섬광처럼 뿜어졌다.

호극마조를 극한으로 끌어올린 것이다.

"모두 물러나라."

호리가 나직이 중얼거릴 때 주위에 있던 사람들은 이미 수십 장 밖으로 물러나고 있었다.

호리는 마랑군의 칠팔 장 전면에 우뚝 서서 서서히 제룡천력을 극성으로 운기했다.

원래 그의 내공 백사십 년에, 호선의 내공 이백십 년이 합쳐져서 현재의 그는 자그마치 삼백오십 년, 즉 육 갑자에서 십 년 부족한 전무후무한 내공의 소유자가 된 상태였다.

마랑군의 내공은 무려 사 갑자다. 만약 지금의 호리가 존재하지 않는다면 그는 당금 무림에서 가장 높은 내공의 소유자일 것이다.

호리가 제룡천력을 극성으로 운기했는데도 그에게서는 아무런 변화가 일어나지 않았다.

그저 청수한 모습의 서생이 산속으로 산책을 나와 잠시 서 있는 듯한 모습이었다.

그러나 마랑군은 아랑곳하지 않았다. 그의 머릿속에는 오직 질투와 복수만이 가득할 뿐이었다.

"호극마조강—!"

그래서 그는 처음부터 호극마조의 마지막 절초인 호극마조강부터 전개했다.

그의 우렁찬 외침보다 더 먼저 주위가 삽시간에 온통 핏빛으로 물들더니, 그 핏빛이 마랑군이 뻗어내는 쌍장으로 찰나지간에 흡수되었다가 섬광처럼 뿜어졌다.

고오오!!

산악. 아니, 천지를 무너뜨릴 듯한 거대한 핏빛 기둥 혈강(血罡)이 무시무시하게 호리를 향해 뿜어갔다.

그런데도 호리는 마치 혈강을 보지 못한 듯 표표히 서 있기만 할 뿐이었다.

마랑군의 입가에 득의한 미소가 번졌다. 그는 이미 승리를 자신하고 있었다.

혈강은 벌써 호리의 이 장까지 쇄도하고 있었지만 그는 꼼짝도 하지 않았다.

다음 순간,

쩌어어······.

먼 곳에서 금종을 울리는 듯한 아련한 음향이 흘렀다.

오옴—

"······?!"

대체 어디에서 나타났다는 말인가?

마랑군은 자신의 머리 위에서 한줄기 섬광이 뭐라고 설명할 수 없는 속도로 내리꽂히고 있는 것을 발견하고 움찔했다.

섬광은 그의 머리 위 오 장 거리에서 쏘아오는 중이었다.

호극마조강의 혈강이 이미 호리의 이 장까지 쇄도하고 있는 중이니까 이미 승패는 결정이 난 것이나 다름이 없다고 마랑군은 확신했다.

그런데 그게 아니었다.

오오옴!

마랑군이 쳐다보고 있는 사이에 머리 위의 섬광은 어느새 일 장 거리까지 도달해 있는 것이 아닌가. 온몸의 털이 다 곤두설 만큼 소름 끼치는 속도였다.

'이, 이런……'

그는 크게 놀라 앞뒤 잴 것 없이 번개같이 몸을 날렸다.

꽈르릉!

천번지복의 굉렬한 음향이 터지면서 방금까지 그가 서 있던 곳에 실로 거대한 구덩이가 하나 파졌다.

직경이 무려 삼 장이고, 깊이가 오 장이나 되는 구덩이였다.

그는 섬광을 피하려고 공력을 회수할 수밖에 없었다.

그 바람에 호리의 몸에 막 닿으려던 혈강이 연기처럼 사라져 버리고 말았다.

"헉!"

그런데 섬광을 피하자마자 반격을 가하려던 마랑군은 뒤를 돌아보다가 크게 놀라 급히 헛바람을 들이켰다.

땅에 적중되어 커다란 구덩이를 만들었던 섬광이 자신의 뒤에서 바짝 쏘아오고 있는 것을 발견한 것이다.

있을 수 없는 일이었다. 공격이란 한 번 어딘가에 적중되면 그것으로 끝인데, 어떻게 해서 여전히 자신을 따라오고 있는 것인지 알 길이 없었다.

순간 마랑군은 다급한 중에도 힐끗 호리를 쳐다보았다.

호리는 원래의 자리에서 한 걸음도 움직이지 않고 있었다.

마랑군 자신만 꽁지가 빠진 수탉처럼 볼썽사납게 줄행랑을 치고 있는 중이었다.

그의 눈동자가 재빨리 주위를 훑었다.

먼발치에 둘러선 호리의 측근들이 환하게 웃고 있는 모습과 마랑군 자신의 수하들 얼굴이 일그러지고 있는 모습들이 주마등처럼 스쳐 지나갔다.

견딜 수 없는 수치감이 그의 온몸을 휩쓸었다.

'으으......'

그는 달리는 중에 전신 공력을 끌어올려 양팔에 집중시킨 후, 한순간 휙 돌아서며 섬광을 향해 힘껏 쌍장을 뻗었다.

쿠오오오!

처음에 발출했던 호극마조강보다 훨씬 더 강력한 혈강이 폭발하듯이 그의 쌍장에서 뿜어져 나갔다.

그는 자신했다.

호리가 무슨 수작을 피웠는지는 모르겠지만, 호극마조강과 섬광이 정면으로 격돌하면 전적으로 자신에게 승산이 있을 것이라는 사실을.

다음 순간, 마랑군의 바람대로 호극마조강과 섬광이 정면으로 부딪쳤다.

그런데 아무 소리도 나지 않았다. 너무 큰 음향이 터졌기 때문에 인간의 귀로는 감지하지 못한 것이다.

콰자자작!

그 대신 마랑군이 가공할 반탄력에 의해서 튕겨지면서 일직선으로 날아가 수십 그루의 거목들을 부러뜨리는 소리가 한동안 울려 퍼졌다.

그는 호극마조강과 섬광이 격돌했던 곳에서 무려 삼십여 장이나 날아가 땅바닥에 패대기쳐졌다.

"크으으… 믿을 수가 없다……."

엄중한 내상을 입은 그는 입에서 울컥울컥 진득한 핏물을 흘리면서 일어나려고 안간힘을 썼다.

"크으… 내가 당하다니… 이런 개 같은 경우가……."

온몸이 조각나는 듯한 통증을 견디면서 가까스로 일어선 그는 자신의 전면 삼 장 거리의 허공에서 표홀히 내려서는 호리를 발견하고 벌레 씹은 표정을 지었다.

"죽일 놈……."

그는 중얼거리면서도 암암리에 공력을 끌어모았다. 그러나 곧 실망한 표정을 지었다. 공력이 칠 할 정도밖에 모이지 않았기 때문이다.

'저놈이 무슨 수법을 사용하는지 알 수 없지만… 이렇게 되면 방법이 없다.'

그는 호리의 초식이 무엇인지 간파하지 못했다.

그도 그럴 것이, 세상에 알려져 있는 제룡천력은 오룡신장이 전부이지 그 위의 초식인 쌍룡이나 제룡은 터럭만큼도 알려지지 않았기 때문이다.

마랑군은 두 팔을 늘어뜨린 채 지나치게 헐떡이면서 호리를 쳐다보았다.

"네놈이 전개한 것이 무슨 수법이냐?"

호리는 산들바람처럼 신선한 미소를 지었다.

"이것 말이냐?"

그는 뒷짐을 지고 서 있는데 느닷없이 허공 높은 곳에서 기이한 음향이 흘렀다.

기웅!

마랑군이 움찔 놀라서 쳐다보니 조금 전과 같은 섬광 하나가 대체 언제 생겼는지 자신을 향해 무시무시한 속도로 내리꽂히고 있는 것을 발견하고는 안색이 급변했다.

그가 어쩌고 자시고 할 사이도 없이 섬광은 이미 그의 머리 꼭대기에 이르러 있었다.

꽈르릉!

그리고 뒤이어 터진 고막을 찢을 듯한 굉음.

마랑군이 급히 왼쪽을 쳐다보니 그곳에 아까와 같은 커다란 구덩이 하나가 움푹 패어 있었다.

꽈꽈꽝!

그 순간 또 한차례의 폭음이 터졌다. 이번에는 오른쪽이었다. 그가 급히 쳐다보자 오른쪽 바닥에 똑같은 구덩이 하나가 휑하니 뚫려 있었다.

그 광경을 보고 마랑군은 완전히 전의를 상실해 버렸다.

스르르……

그의 무릎이 꺾였다.

이어서 그는 땅에 무릎을 꿇고 호리를 향해 머리를 조아렸다.

"졌다."

싸워보나 마나라는 기색이 그의 얼굴에 역력했다.

"와아아아!!!"

"와아아!!"

순간 둘러서 있던 수많은 무림군웅이 우레 같은 함성을 터뜨렸다.

일그러진 얼굴의 마랑군이 고개를 들어보니, 호리 뒤쪽에서 호선이 추공의 부축을 받으면서 하늘하늘 걸어오고 있었다.

호선은 호리 옆에 이르러 추공의 부축을 놓고는 대신 호리의 팔을 잡았다.

마랑군은 그녀의 햇살처럼 눈부신 미소를 보며 속으로 이를 갈았다.

'개 같은 년! 네년이 언제까지 웃는지 두고 보자……!'

호선이 사랑이 듬뿍 담긴 눈길로 호리를 바라보며 속삭였다.

"과연 제룡천력은 굉장하군요. 천외삼절공 중에서 최강이라고 할 수 있어요."

"그런 것 같군."

호리는 고개를 끄덕이며 미소로 화답했다.

마랑군은 자신의 귀를 의심하는 표정을 지었다.

'제룡천력이라고?'

그제야 그는 조금 전의 상황이 어느 정도 이해가 갔다. 하지만 제룡천력이나 호극마조나 천외삼절공인데 자신이 형편없이 밀렸던 것에 대해서는 여전히 의문이 풀리지 않았다.

이윽고 마랑군은 힘겹게 일어나 어깨를 축 늘어뜨린 채 비틀거리면서 호리와 호선에게 걸어갔다.

그는 마치 중상이라도 입은 듯, 그리고 조금도 저항할 의사가 없는 것처럼 행동했다.

그래서인지 호리는 추호도 경계하지 않고 마랑군이 일 장 앞까지 다가오도록 내버려 두었다.

마랑군은 멈춰 서서 호선을 바라보며 진심으로 미안한 표정을 지었다.

"빙 매, 모든 것이 내 잘못이오. 용서하시오."

호선은 호리의 팔을 자신의 두 팔로 안은 채 마랑군을 보며 미소를 지었다.

"어때요? 당신보다 만 배는 훌륭한 사내지요?"

마랑군은 고개를 끄덕였다.

"그렇소. 만 배가 아니라 천만 배는 더 훌륭한 것 같소."

"호호호홋! 틀렸어요! 당신 같은 졸장부하고는 비교 자체가 어불성설이에요!"

그녀의 놀림에 마랑군의 눈 깊숙한 곳에서 번쩍 흐릿한 살광이 일었다.

순간 그의 몸이 그림자처럼 호선을 향해 쏘아갔다.

슈우우―

그리고 그보다 더 먼저 뻗어나간 그의 오른손이 호선의 목을 움켜잡아 나갔다.

그의 이 급습에는 남아 있는 칠성의 공력이 고스란히 실려 있었다.

더구나 거리가 일 장밖에 되지 않았으므로, 설사 천신이 강림한다고 해도 피하거나 막을 수 없을 것이다.

호선은 가볍게 흠칫 놀랐고, 마랑군의 입가에는 사악한 미소가 짙게 떠올랐다.

쩡!

"크으으……"

그러나 다음 순간 마랑군의 입에서 고통스러운 신음이 새어 나왔다.

나란히 서 있는 호리와 호선 주위에 투명한 호신막이 둘러쳐져 있었는데 앞으로 뻗은 오른손이 그것에 강하게 부딪치면서 팔꿈치까지 뭉그러져 버린 것이었다.

순간 호리가 한 팔로 호선의 어깨를 감싸고 있는 자세에서 나직하며 우렁찬 호통을 질렀다.

"제룡!"

스우우…….

순간 호신막에 부딪쳐서 오른팔이 짓뭉개진 상태로 튕겨지던 마랑군은 똑똑히 보았다.

호리의 몸에서 뿜어진 투명한 어떤 기운이 위쪽으로 둥실 떠오르는 광경을.

번쩍!

그리고 그것이 하나의 섬광이 되어 자신을 향해 폭발하듯 쏘아오는 것을 발견했다.

그러나 이번의 섬광은 아까 것하고는 달랐다.

섬광은 쏘아오는 중에 다섯 줄기로 쫙 갈라졌다.

그리고 그 다섯 줄기 빛살은 다섯 색깔로 화하는 것 같더니 어느새 다섯 마리 용, 즉 오룡으로 변했다.

구워어어ㅡ!

오룡이 입을 쩍 벌린 채 마랑군의 온몸으로 달려들었다.

'이, 이것이 진정 제룡천력의 위력이었구나……'

그것이 마랑군이 살아 있는 동안 마지막으로 한 생각이었다.

아무런 음향도 없이 오룡이 마랑군의 머리와 목과 가슴과 복부와 하체 한복판을 스치듯 관통했다.

그리고는 오룡은 신기루처럼 사라져 버렸다.

마랑군의 입가에 씁쓸한 미소가 설핏 떠올랐다.

"빌어먹을… 한낱 여우한테……"

퍼어억!

다음 순간 그의 온몸은 산산조각나서 사방으로 흩어졌다.

일대효웅 마랑군의 죽음은 그의 찬란했던 짧은 생애에 비해서 너무도 허무했다.

지금 호리와 호선이 서 있는 장소는 높은 언덕 위였다.

두 사람이 언덕 아래를 굽어보자 저 아래에 마황부의 삼만 정병이 한 명도 빠짐없이 무릎을 꿇은 채 머리를 조아리고 있었다.

무조건 항복이었다.

호리의 품에 안겨 있는 호선이 사랑이 듬뿍 담긴 눈빛으로 그를 올려다보며 행복에 겨운 속삼임을 흘렸다.

"있죠."

"응?"

"당신에게 주고 싶은 것이 있어요."

몸과 마음을 모두 호리에게 준 호선은 그에게 존대를 하고 있었다.

"뭔데?"

"천하를 당신에게 드릴게요."

호리는 싱긋 미소 지었다.

"됐어."

호선은 눈을 약간 크게 떴다.

"싫어요?"

호리가 호선의 뺨에 부드럽게 입을 맞추며 속삭였다.

"나는 너희들만 있으면 돼."

"당신……."

호선은 몸이 녹는 것 같은 행복감에 젖어 그의 가슴에 더 깊숙이 파묻혔다.

호리는 그녀를 안은 채 몸을 돌려 걸음을 옮기기 시작했다.

그때 그의 품속에서 호선이 의아한 목소리를 냈다.

"그런데 당신 방금 '너희들'이라고 했잖아요? '너희들'이란 저 말고 또 누굴 말하는 건가요?"

호리 뒤에 바짝 붙어서 두 여자가 나란히 따라가고 있었다.

가려와 혁련상예였다.

그녀들은 아무도 모르게 손을 뻗어 호리의 엉덩이를 한쪽

씩 부드럽게 쓰다듬거나 주무르고 있었다.

호선은 두 여자가 자신의 뒤에서 회심의 미소를 짓고 있을 줄은 꿈에도 모르고 있었다.

그때 호리가 뚝 걸음을 멈추었다.

저만치 앞에서 두 여자가 이쪽으로 나는 듯이 쏘아오고 있는 모습이 보였다.

홍엽이 한 소녀의 손을 잡고 최고의 경공을 발휘하여 쏘아오고 있는 것이었다.

홍엽과 함께 쏘아오고 있는 소녀를 발견한 호리는 환한 웃음을 지으며 중얼거렸다.

"연지야······."

그녀는 다름 아닌 조연지였다.

조연지는 호리를 발견하고 멈칫하더니, 다음 순간 홍엽의 손을 놓고 울부짖으면서 달려왔다.

"영 오라버니—!!"

"연지야!"

호리가 쏜살같이 달려나가자 호선은 그제야 자신의 뒤에 나란히 서 있는 가려와 혁련상예를 발견하고 가볍게 놀라는 표정을 지었다.

"너희들이 그가 말한 '너희들'이냐?"

가려와 혁련상예는 찔끔하는 표정을 지었다. 그러나 그녀들은 곧 시치미 뚝 떼고 똑같이 한 방향을 가리켰다.

"저 여자 같은데요?"

그녀들의 손가락이 가리키고 있는 곳에는 막 호리와 조연지가 세차게 서로를 부둥켜안고 있었다.

호선은 생긋 미소 지었다.

"연지라면야……."

그 정도는 이미 감수하리라고 생각했던 터이니 대수로울 것이 없었다.

그때 그녀는 누군가 자신의 엉덩이 양쪽을 쓰다듬는 느낌을 받고 움찔 놀라 급히 뒤돌아보았다.

"무슨 짓이야?"

호선 뒤에 서 있던 가려와 혁련상예는 그녀가 호리인 줄 알고 엉덩이를 한쪽씩 쓰다듬다가 질겁하여 후다닥 손을 떼며 입을 모아 합창을 했다.

"엉덩이가 예쁘십니다!"

『일척도건곤』終

적포용왕

김운영
新무협 판타지 소설

『신마대전』『흑사자』의 작가 김운영
그가 낚아 올리는 무협의 절정
낚시 신동 백룡아! 장강에서 천존과 맞짱 뜨다

적포천존(赤布天尊)
고금제일강(古今第一
인칭타자연재해(人稱他自然災害
40세 이후로 상대가 누구든 몇 명이
한 번도 패하지 않고 모두 이긴 적포천
70세 중반에 반로환동하여 무림인들
절망에 빠뜨린 그가 말년
제자를 만들어 말년에 호강할 계획을 세운

**천하에 두려울 것이 없는 '자연재해
그의 제자들이 무림에 나타났**

세상을 보는 또 하나의 창 - inthebook.net
유행이 아닌 자유추구 - chungeoram.net
Book Publishing CHUNGEORAM

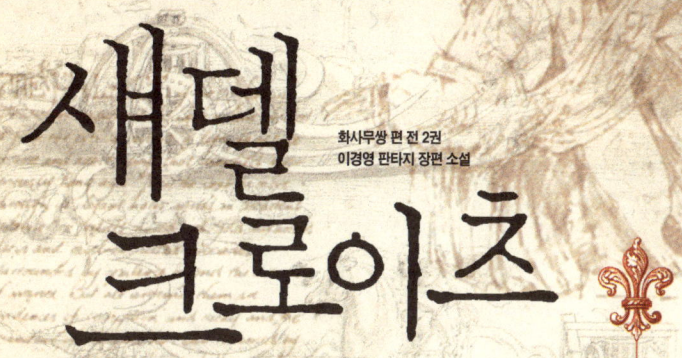

섀델
크로이츠

화사무쌍 편 전 2권
이경영 판타지 장편 소설

『가즈나이트』의 명성과 신화를 넘어설
이경영의 판타지의 새로운 상상력!

**자신만의 독특한 세계관을 창조한 작가
이경영의 새로운 도전과 신선한 충격.**

바란투로스의 특수부대 섀델 크로이츠의 리더 파렌 콘스탄.
야만족을 돕는 안개술사를 물리치기 위해 아시엔 대륙에서 온
불을 뿜는 요괴 소녀 카샤.
너무나 다른 두 사람이 운명의 길에서 만나다.
친구란 이름으로 시작된 모험, 그 앞에 놓인 난관과 운명의 끈은
어떻게 될 것인지……

"질투가 날 만도 하지.
요괴가 산신령을 엄마로 두는 건 흔한 일이 아니거든.
괜찮다, 파렌. 본좌가 아는 요괴들 전부 본좌를 질투하고 부러워하니까."
소녀는 손에 잔뜩 받은 빗물을 훌쩍 마셨다.
파렌은 그 순수함에 웃음을 흘렸다.
그는 지금까지 자신이 봤던 그녀의 기이한 행동들을 어렴풋이나마 이해할 수 있을 것 같았다.
그렇게 친구가 된 둘은 그 길로 긴 여행을 떠나게 된다.

-본문 중에-

세상을 보는 또 하나의 창 · inthebook.net
유행이 아닌 자유추구 · chungeoram.net

Book Publishing CHUNGEORAM

학교에서는 가르쳐주지 않는 10대들을 위한 인생수업

작가 : 이빙 | 역자 : 김락준

10대들을 위한 나침반 같은 인생 교과서!
사회 초입에 들어서게 될 청소년들에게 들려주는
100가지 인생 이야기

내 인생의 방향잡기!
여행길에 오르기 전에 접해보자!

100가지 이야기, 100가지 명언

사람은 태어나면서부터 각기 다른 모습으로, 각기 다른 사고로 "인생"이라는
여행길에 오르게 된다. 내가 지금 서 있는 이 위치에서 그리고 사회라는 공간에서
한 사람의 몫을 당당하게 해낼 수 있는 역량을 키워나가기 위해서는 어떠한 생각을
가지고 있어야 하는 걸까.

늦지 않게 준비하자! 스스로의 마음가짐이 자신의 미래를 결정한다!

설레는 마음으로 떠난 길일지라도 기존에 생각하고 있던 것과는 다르게 흘러가는
사회의 모습에 당혹스럽기도 할 것이다.

그러한 곳에 발을 들여놓기 위해 첫 발걸음을 막 뗀 청소년이라면 학교에서는
미처 배우지 못한 상황에 더욱이 큰 혼란스러움을 느낄 수밖에 없다.
시간이 흐를수록 사회가 한 인간에게 요구하는 것은 다양하고 세밀해지고 있다.
그러한 사회 속에서 자신만이 앞으로 나아가지 못해 제자리걸음을 하게 된다면 어떠할까.
미리 대비를 하지 않는다면 당신 역시 그러한 현상에 빠지는 또 한 명의 사람이 되고 말 것이다.

책장을 넘기는 순간, 책과 당신의 공감대가 형성된다!

적응을 위해 도움이 될 만한
인생의 지혜와 경험, 깨달음이 한가득 담겨있다.
그 속에 담긴 100가지 이야기 그리고 그와 관련된 100가지의 명언은
가슴 깊이 새겨 놓고 되뇌여 보기에 충분하다.

Book Publishing CHUNGEORAM

세상을 보는 또 하나의 창 - inthebook.net
유행이 아닌 자유추구 - chungeoram.ne

공부하는 감각의 차이가 자녀의 미래를 결정한다.
이 시대가 필요로 하는 명품 인재 만들기!

Luxury Study habit

올바른 습관이 명품 자녀를 만든다

명품
공부습관
87가지

저자 : 친위
역자 : 오혜령

❖ 똑소리 나는 부모의 똑소리 나는 자녀 교육법!

어린 시절의 습관은 평생을 결정한다.
제대로 바로잡지 못한 나쁜 습관은 자녀의 미래에 검은 그림자를 드리울 수도 있다.
대부분의 부모들은 아이의 잘못된 습관을 발견하면 언성을 높이는 경향이 있다.
하지만 그것이 문제 해결의 방법이 아님을 당신은 이미 알고 있을 것이다.
지금 당신은 적절한 대안을 찾지 못해 힘겨워 하고 있지는 않은가.
내 아이가 명품 인생으로 살아가길 희망하는 부모라면 이 책에 귀를 기울여 보자.

❖ 내 아이가 세상의 중심에 우뚝 설 수 있게 하는 방법!

이 책은 잘못된 공부습관과 대인관계 형성 등의 문제 등을
87가지 이야기를 통해 알아보고 그에 걸맞는 올바른 해결책을 제시해주고 있다.
이 한 권의 책을 통해 똑소리 나는 부모가 되어보자.
그리고 내 아이가 최고의 명품으로 거듭날 수 있도록 노력해보자.
이 책은 분명 당신에게 꼭 맞는 효과적인 자녀교육서가 될 것이다.

 세상을 보는 또 하나의 창 · inthebook.net
유행이 아닌 자유추구 · chungeoram.net

Book Publishing CHUNGEORAM

Rhapsody Of Cardinal

카디날 랩소디

송현우 판타지 장편 소설

놀라운 경험(the enormous experience)!
He created a completely new world.
It is a place who have never known and where never been able to imagine.
This splendid world will introduce the enormous experience for the person only who reads.
그 누구에게도 알려진 것이 없으며 상상조차 할 수 없었던 새로운 세계를 작가는 완벽하게 창조해내었다.
이 멋진 세계는 독자들만이 체험할 수 있는 놀라운 경험으로 인도할 것이다.

판타지는 허구다? 아니다. 판타지는 일상이다.
우리의 삶은 연속된 판타지의 연장선상에 놓여 있고,
상상은 우리의 일상을 더욱 살찌운다.
『카디날 랩소디(Rhapsody of Cardinal)』를 경험하는 독자들은
더욱 풍부한 일상 속에서 새로운 삶을 경험할 것이다.
멋진 만남! 흥미로운 경험! 이것이 『카디날 랩소디』가 가진 장점이며,
작가 송현우가 독자들에게 바라는 꿈이다.

세상을 보는 또 하나의 창 - inthebook.net
유행이 아닌 자유추구 - chungeoram.ne

Book Publishing CHUNGEORAM